不委屈自己，不将就余生

玉凡瑶 / 著
Yufanyao

文匯出版社

图书在版编目 (CIP) 数据

不委屈自己，不将就余生 / 玉凡瑶著. — 上海：文汇出版社,2019.3
ISBN 978-7-5496-2790-5

Ⅰ. ①不… Ⅱ. ①玉… Ⅲ. ①随笔 - 作品集 - 中国 - 当代 Ⅳ. ① I267.1

中国版本图书馆 CIP 数据核字 (2019) 第 022797 号

不委屈自己，不将就余生

著　　者 / 玉凡瑶
责任编辑 / 戴　铮
装帧设计 / 末末设计室

出版发行 / 文匯出版社
　　　　　上海市威海路 755 号
　　　　　（邮政编码：200041）

经　　销 / 全国新华书店
印　　制 / 三河市龙林印务有限公司
版　　次 / 2019 年 4 月第 1 版
印　　次 / 2019 年 4 月第 1 次印刷
开　　本 / 880×1230　1/32
字　　数 / 149 千字
印　　张 / 8

书　　号 / ISBN 978-7-5496-2790-5
定　　价 / 36.00 元

前　言

保罗·戈埃罗说:"在人生的某个时候,我们失去了对自己生活的掌控,命运主宰了我们的人生。这就是世上最大的谎言。"

你肆无忌惮地挥霍时光,总觉得自己还是小王子、小公主,直到有一天,你猛然发现父母的腰杆不再如年轻时挺拔——他们不再像大树般为你遮风挡雨,你自己的人生需要自己掌舵。你失去了温暖的怀抱,你开始怀疑自我,甚至变得懦弱、胆怯,没有了信心。

"面对人生的困境,是退让还是前进?"没人能给你答案,因为这就是成长的代价。

在逆境中挣扎时,我们会一脸嫌弃地说:"×××真讨厌,仗着自己有钱就瞧不起这个,瞧不起那个。"其实,他并不是你鄙视的人,那个放弃自我、对未来心生退意的人,才是你真正鄙视的人。

请问,你是否鄙夷过自己?

"我绝不会将这好不容易打下的江山,拱手让给那些我鄙视的人!"这句话你说得豪气冲天,可你用什么来拯救自己的人生?人生的精彩就在于它变幻莫测,而很多事并不是你想怎样就能怎样。它是一场没有彩排的大戏,根本不会按照你想象的剧情发展。

你觉得自己的生活很悲催,糟糕的心情让你滋生出许多别的想法来。你明明受了委屈,可到最后承担一切错误或自责的人还是自己,最糟糕的是你失去了人生的掌控权,活成了被别人鄙视的人。

其实,如果你能换个角度想,从就业到职业再到最后的事业,我们如此努力地生活是为了什么?不仅是为了生存,更是希望将生存过成生活,将生活过成人生。而且,真正决定你人生高度的不是天赋,是你对人生各种磨难的态度,因为你所遭遇的,别人也遭遇过或者正在遭遇着。

这不是一个看脸的时代,这个世界不论男女只看结果,别一直拿"平凡就好"当幌子, 因为到头来你会发现:你最终活成了连自己都讨厌的样子。

或许历经很多事后你才能明白：生活并不在"别处"。每个人所拥有的、能抓得住的、能真切感知温度的，只有当下的一切，而兜兜转转最终得到的，也不过是一开始我们就错过的。

在现实生活中，为了追求更完美的自己、为了成为人群中的焦点，我们总是背负着很多压力去扮演一个看上去讨人喜欢的角色。事实上，无论你怎么做，都不可能讨全世界喜欢。就算全世界都喜欢你，然后呢？你想要永远扮演别人喜欢的样子，过着别人想要的生活吗？

你才是自己的王，那才是你最真实的模样。无论你讨多少人欢心，如果自己不开心，都是白搭。而那些压力依然如虫子般时时咬噬着你，不管你多么努力，它们都会让你失去对生活的掌控感。

委屈吗？

对，委屈。

可这世上委屈的人多了，你不是唯一一个被上帝刁难的人，别因此而怨天尤人，别鄙视你现在的生活。

这是一个很现实且残酷的世界，你的人生只有自己能做主。而你的态度，直接决定了在人生路上你能走多远、能站多高、格局有多大。

所以，我们可以输，但绝不能放弃。

你只有用尽全力掌控自己的人生，才能在这个社会上拥有绝对的话语权。也只有提高自己的自制力，你才能驾驭生活，迸发出正能量，继而获得幸福。

幸福，多么温暖的词语，也是你所有努力的理由。

目 录
Contents

第一章 评断自己，紧握人生的掌控权

◇ 你要学着自己强大 \\ 002

◇ 放下抱怨，为自己的人生负责 \\ 010

◇ 与其被别人掌控，不如自己掌控自己 \\ 019

◇ 为什么被炒的总是你 \\ 027

◇ 谁说拒绝别人是自私的行为 \\ 036

◇ 多疑，说明你学会了思考 \\ 045

◇ 这世界不只看脸，更看本事 \\ 054

② 第二章　不要给自己设限，你的潜力远大于当下

◇ 成长，比成功更重要　\\ 064

◇ 你和牛人之间的差距，在于读书　\\ 073

◇ 混日子的人凭什么羡慕高工资　\\ 083

◇ 学会自省，在反思中走向成功　\\ 089

◇ 职业靠规划，不靠"鬼话"　\\ 095

◇ 学会取经，追随精英的成长之路　\\ 101

③ 第三章　认清自我，懂得自己最想要什么

◇ 你所谓的稳定，只不过是在浪费生命　\\ 110

◇ 认清自我，懂得自己最想要什么　\\ 118

◇ 坚信"素颜"最漂亮　\\ 126

◇ 适合你的，才是最好的　\\ 133

◇ 努力到无能为力，拼搏到感动自己　\\ 138

◇ 滚蛋吧，急躁君　\\ 144

◇ 不自信，等于埋葬竞争力　\\ 151

第四章 抱怨没用，这个世界靠实力说话

◇ 你为什么过着不满意的生活 \\ 160

◇ 成为世界的"无可替代" \\ 168

◇ 别让弱点羁绊了人生，变不可能为可能 \\ 174

◇ 你最大的敌人，是自己 \\ 181

◇ 你自以为的上限，不过是别人的起点 \\ 187

◇ 你不是讨厌工作，而是没做好选择 \\ 191

◇ 追随内心，做最钟爱的事情 \\ 197

第五章 迎合他人，就等于亏待自己

◇ 时间的格局：为每一秒增值 \\ 203

◇ 专注，是你人生最美的姿态 \\ 210

◇ 你怎么过一天，就怎么过一生 \\ 216

◇ 断舍离：掌握人生的控制权 \\ 224

◇ 你之所以迷茫，只是自律力不强 \\ 231

◇ 勇敢表现，抓住成功的机遇 \\ 239

第 一 章

评断自己,紧握人生的掌控权

拥有怎样的格局,就拥有怎样的命运。有时候,你真的要大胆一点,赌一把,可能你就会有不同的人生。你强,你想要的都会得到;你弱,就不要抱怨世界不公平。

◇ 你要学着自己强大

1

在人生的道路上，人们总是渴望成功、害怕失败，可现实就是这么讨厌，它时时阻碍着我们前进。

这是一个现实而又残酷的世界，如果×××说"我遭遇了一场灾难"或"我曾在那里摔了一跤"，这真的没什么，因为磨难遍地都是。你来到人世间走一遭不容易，若因此而一蹶不振，那就太可惜了。

大家耳熟能详的瑞典化学家诺贝尔，就是一个特殊的例子。他热爱科学，经历了一次又一次的失败，但是他始终没有放弃过。尽管每次失败都对他造成了难以估量的伤害——他的亲人在实验中受了重伤，自己也险些丧命，但是他没有被失败打倒。他不断地积累经验，终于发明了炸

第一章
评断自己，紧握人生的掌控权

药，并成为一位了不起的化学家。

像诺贝尔一样，为了梦想一次次遭受挫折的人太多了，能取得成功的人却少之又少，但是他们告诉了世人一个道理：失败和成功，同样有价值。你要相信自己，在经历失败后你会变得成熟而坚定，成功也一定会到来。

任何人都不是一开始就成功的，谁都是一步步打拼，历经多次失败，慢慢坚持过来的。而内心格局大的人，面对失败时则会更加勇敢，就像安平。

2

安平的名字听着顺风顺水，可他的生活却不顺利。大学毕业后，父亲托关系将他安排到某单位上班。一年后，他受不了那种安逸的生活，毅然选择了离职创业，但他的鲁莽行为遭到全家人的反对。

"现在这么好的铁饭碗上哪儿找去啊？你不好好珍惜，想上天啊？"

面对父亲的斥责，安平选择走自己的路，因为他明白，这个世界上根本没有什么铁饭碗。所谓的铁饭碗，不是在一个地方吃一辈子饭，而是一辈子走到哪里都有饭吃。

因为这句话，父亲还抽了他一巴掌。

安平上大学时想学兽医专业，但是父亲阻拦了他，并让他学了农业工程专业。可他从小就喜欢小动物，于是创业之初他打算开一家售卖宠物用品的小店。不过，对店铺运营什么都不懂的他，只能摸着石头过河。开店后的半年中他赔了不少钱，当时家人都劝他放弃。

可安平不肯，他开始琢磨自己失败的原因，开启了疯狂学习模式——参加培训班，学习如何经营一家宠物用品店。他在网上还认识了好几个同行，经常向他们请教，还把有用的信息都记录在本子上。

时间长了，安平积累了一些经验，店铺的生意渐渐有了起色。在宠物美容风生水起的那几年，安平的生意日渐红火起来，他开始接触宠物寄养和售卖活体。

一个新型行业自然会带来弊端，尽管安平初期做了市场调研，可商场如战场，战况时刻在变化——活体跟商品有根本的差异，第一次他就做亏了。

大家都劝安平踏踏实实卖宠物用品就行了，可他就是不服气。在调整店铺的运营方式后，他的店铺成功转型——

第一章
评断自己，紧握人生的掌控权

既售卖活体宠物、宠物用品，还能寄养宠物、宠物美容。

渐渐地，生意做顺当了。安平和合作伙伴又研究开发出了一款宠物产品，可惜第一炮没有打响。

那几年，安平就像一头犟牛，拉都拉不回头，这是父亲对他的评价。但在他看来，失败并不可怕，可怕的是从此一蹶不振。

前些日子，朋友小聚，安平依旧充满自信，他告诉我："失败了又怎样，它只是告诉我这条路行不通，那条路还可以试试。更何况，没野心你用什么跟这个世界叫板？"

经过一次又一次地实验，就在前不久，他和合伙人研究的宠物产品获得了生产专利，并开始了大批量生产。

瞧瞧，失败又怎样！

安平硬是顶着失败逆流而上，扭转了人生局面。不过，并不是所有人都能像安平一样幸运，有的人在失败面前意志消沉，几乎没有勇气面对未来；有的人却能笑对失败，转移自己的坏情绪，分析失败的原因，以求再度奋起。

显然，安平成功了。

3

俗话说:"失败乃成功之母。"事实上,现在大多数年轻人做事都畏首畏尾,早已失去了从头再来的勇气。他们无法正确地认识自我,将失败无限地放大,还没有去挑战就已经被自己打倒。

那么,失败真的这么可怕吗?

不,它不是上天对你的惩罚,而是一种历练与成长,一种收获与熏陶。我们必须正确地认识失败,然后从失败中找出根源,得以积累经验,慢慢成长。

1. 失败让我们学会独立,学会接纳自己

生活是一面镜子,你对它笑,它就对你笑;你对它哭,它就对你哭。人生在世,绝不会事事如愿,所以遇见失望的事你也不必灰心丧气——你要下定决心,想法子争回一口气。

当失败的时候,你要学会接纳自己,看到自己的价值,这才是英雄好汉!

你不必听从别人的意见,也不必管别人如何看待自己

第一章
评断自己，紧握人生的掌控权

的成功或失败。你要勇敢地向前，因为走出下一步，就没有比现在更糟糕的境地了。你不要担心会失去什么，因为你已经没什么可失去的了。

2. 失败增强了我们的适应能力，并让我们获取了更多的经验，能少走弯路

失败能一次又一次地打压我们，但也能教会我们如何适应和成长。适应能力不仅能让人调整情绪，还能让人获得成功。正如一个成语：百折不挠。面对失败的打击，你没有退缩，那就离成功不远了。

3. 失败让我们谦逊，也让我们变得足智多谋

失败让我们变得现实，看清了这个残酷的世界，也让我们变得谦逊。

这个世界上没什么比傲慢更令人生厌，也没什么比谦逊更讨人喜爱。谦逊一直是人性的核心，有了它，人和人之间才能亲密无间，更具依赖感。

可见，失败绝不是惩罚，而是一种成长。我们必将在一次次的失败中，让自己修炼得更优秀、更完美。

假若你被失败打倒，说明你意志薄弱，但是你要明白：铁只有经过反复地锤炼，才能成为坚韧的钢。那些畏惧失

败的人，认为一件事情一旦付诸实践就不会再有退路。

事实上，这种没有退路的情况很罕见，只要我们努力了，一切都有转机。即便是在最困难的情况下，我们都不能泯灭希望。如果事情已经发生，真到了无力挽回的地步，你后悔也没有用，唯有从头再来！

失败是一种历练，会让人变得成熟。你大可不必因自己遭受的挫折而否定自我，而要重新整理心情，带着这种成长留下的疼痛和成熟继续上路。

在人生的道路上，我们可能会数次被逆境所击倒，觉得自己一文不值。但无论发生什么事，在上帝的眼中，我们永远不会丧失价值。

所以，失败是一种成长、一种磨砺。

因为失败，我们学会了拼搏；因为错过，我们学会了珍惜；因为有了经验，我们学会了抓住机遇。任何事情都是因为经历才有所收获，所谓吃一堑，长一智，相信你能用正确的心态直面人生的各种境遇。慢慢走过，慢慢成熟，一步一个脚印走出来的才叫人生。

有人说："苦楚是达到成熟彼岸的必经之路。"意思是说，只有品尝过人生的苦楚，我们才能变得成熟。

第一章
评断自己，紧握人生的掌控权

4

"职场没有捷径，好走的路都不是坦途"，这是《我的前半生》中的一句经典台词。路要自己一步一步走，苦要自己一口一口吃，抽筋扒皮才能脱胎换骨，除此之外，没有捷径。所以，人生之路不可能一帆风顺，苦点累点没什么，因为大家都在经历着。

格局小的人，一不如意就一筹莫展。而格局大的人，目光则更长远。他们将困难当成生命的一部分，在战胜困难的征途上越战越勇，由此变得更加强大。

因此，无论如何，你都要勇敢地紧握人生的主动权，并成长为最美丽的自己。正确面对失败，从中吸取到值得借鉴的经验，相信你的人生一定不会太差。

在职场中，很多人想投机取巧，走捷径，面对失败与挑战时选择绕道而行。事实上，通过失败你才能锻炼自己各方面的能力，虽然你也可绕道而行，但会错过一次次成长的机会。你与其削尖了脑袋要小聪明，还不如脚踏实地地面对每一次挑战。

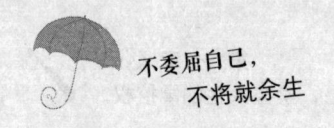

拥有怎样的格局，就拥有怎样的命运。有时候，你真的要大胆一点，赌一把，可能你就会有不同的人生。你强，你想要的都会得到；你弱，就不要抱怨世界不公平。如果你不去努力争取，所有的一切都会对你不公平。

你怕了吗？

怕，你就输了。

◇ 放下抱怨，为自己的人生负责

1

最近一直在跟朋友讨论抗挫力（Resilience）这个话题。抗挫力指的是一种我们能从困境和挫败中迅速恢复，甚至变得更加强大的能力。

"所有没有'杀死你'的东西，都会让你变得更强大。"这是我父亲喜欢说的一句话，意思是拥有果断的行动力并

第一章
评断自己，紧握人生的掌控权

敢于为自己的行为负责，是抗挫力中一种重要的能力。

那么，什么是对自己的人生负责呢？

这是一个陷阱式的问题，基于个人特性的不同，每个人对"负责"的定义不同，每个人的价值观也不同，所以不能得出一个准确的结论。而且，在大多数时候，我们自以为自己是在为人生负责，其实并没有。

很多人总是喜欢抱怨这抱怨那，甚至每天一脸的不耐烦，好似全世界都跟他有仇似的。

世界欠你的吗？不欠。为什么？你抱怨、你不爽，无非就是你想要的太多，而付出的又太少。有的人就是一边不停地向生活索取着，一边又抱怨着现实，以及上帝如何的不公平。

这是一个人才济济的时代，它根本就没时间和耐心慢慢培养你，它来不及等你成长。你不行、不愿意、不喜欢，没关系，换人吧！这就是现实。

每一个人都要有责任感和使命感，要学会对自己的人生负责。要知道，因为抱怨，一次次放松自己、迁就自己的行为，看似不起眼，慢慢地就会让你形成一种懒散、敷衍的态度，最终会害你一辈子。

可以说，那些不愿意长大、阻碍自我成长的人，说到底是他们不愿意承担责任。你抱怨这个世界的不公平，抱怨工作不顺、生活压力太大，怎么办？很抱歉，这个世界本来就是不公平的。

其实，有压力不是坏事，有压力才有动力，也正是这些压力驱使着你在一步一步前进。如果你因抱怨而蒙蔽了双眼，变得懈怠、懒散，很抱歉，你将被淘汰。因为，一个有使命感的人，会放下心中的埋怨，学会思考到底是什么阻碍了自己的幸福人生。

生活就是这样，从你出生的那一刻起就注定了这一生的艰辛和困苦，要不然，为什么人一出生就要哭呢？

2

"日子过成这样，你不该哭吗？"曾有人这样问马小跳。

"放下对生活的抱怨，努力为自己的人生负责。"马小跳的想法很简单，只有努力让自己变得更优秀，才能为家人创造更好的生活。而抱怨只会浪费时间和精力，起不到任何作用。

当年,马小跳的父亲被查出患有肌源性肌肉萎缩病,得了这种病的人最终会完全瘫痪,丧失生活自理能力。由于无法接受厄运,妈妈提出离婚,随后改嫁他乡。

13岁那年,与马小跳相依为命的奶奶撒手人寰,从此照顾父亲的重担就落在了他的肩膀上。

一个人无法选择自己的出身,但能选择面对生活的态度,这是马小跳的无奈与坚持。

每天,马小跳起床后的第一件事就是搀扶着父亲去卫生间,给他洗脸、刮胡子,然后将父亲扶上轮椅吃早饭。安顿好父亲后,马小跳匆匆吃几口早饭就赶到学校上课。

午饭时间,马小跳又急急忙忙地赶到食堂,买好两个人的饭菜,赶回家照顾父亲。等父亲吃完饭,他再赶回学校继续下午的学习。下午放学后,他又小跑着回家照顾父亲,然后再回学校上自习。晚自习结束,他回家照顾父亲睡下,常常已经是深夜。

这么多年,日复一日,马小跳从没有睡过一个囫囵觉。有时他真的很想睡一个安稳觉,可是一想到父亲,他就再也睡不好了。尽管如此,他的成绩还是名列前茅,考上了省重点高中。

然后,他在学校附近帮父亲租了房子,每天一边照顾父亲,一边学习。每到周末他就去做兼职,比如发传单、分发快递。

很多同学都无法理解马小跳是怎么坚持到现在的,可马小跳觉得,为了父亲再苦再累都值得,而他也会一直坚持下去。因为,他还有梦想——当一名律师,然后开一家律师事务所;他还想买个大房子给父亲住……

同学眼中的马小跳是坚强的、优秀的,其实,夜深人静的时候,他也恨过母亲的心狠、恨过这个世界的不公平、恨过自己怎么会生在这个家庭。但是,当一切平息后,看着父亲睡得那般踏实,他又笑了。

倘若被生活左右了方向,除了继续前行之外,你还能怎样?

3

成熟的人会看到生活的希望,会期待与感恩那些美好的发生,而不成熟的人只会抱怨、指责。

第一章
评断自己，紧握人生的掌控权

工作中，无论大事小事，凡是要你做的事情，你就会反感、气愤。如果是职责之内的事情，你就会拖拖拉拉，觉得没必要这么急着做好。如果谁说你一声，你就会立刻反驳，振振有词。如果你多做了事情就会念念不忘，总是跟领导讨价还价，并产生抱怨的情绪。

可是，在生活中，谁能为你的不满与委屈负责，抱怨又有什么用呢？

抱怨不会让你提高什么能力，也不会让你得到有益的经验，更不会让你因此而获得自我提升，它只会让你浪费更多的时间，错失更多的机会。

谁都有脾气，但要学会收敛，因为你不是主宰命运的神，没人会无条件地接受你的情绪。谁都有梦想，倘若选择在困境中沉得住气，在拼搏中奋斗与坚持，那所有的疑问，时间都会给你最好的答案。

也只有放下抱怨，学会为自己的人生负责，才能不辜负这一路的好光阴。事实上，抱怨不会解决任何问题，反而会让你失去很多。比如：

1. 错失机遇

喜欢抱怨的人，会失去很多的工作机会，也就失去了

很多进步的机会。

这种人不停地寻找更适合自己的平台,到最后发现自己只顾着抱怨,错失了机遇,荒废了大把的时间和精力,导致一生都有可能没有任何成就。

2. 浪费时间

爱抱怨的人,本身不想学习,也不爱学习。即便你给他们提供学习条件,他们也不会主动学习。

他们有诸多的抱怨,说:"凭什么让我做那些本不该我做的事情?"其实,如果领导突然安排一份额外的工作给你,那是一种信任与期望。很可惜,他们却在抱怨之中错失了更多的学习机会。

3. 人脉资源的流失

有研究表明,爱抱怨的人容易失去朋友。当你开始抱怨的时候,你全身上下充满了负能量,让周围的朋友慢慢地疏远了你。

适当的抱怨,是一种正常的情绪宣泄手段。有心理学家说,一个人若成天抱怨不离口,则会陷入"心理偏盲"的误区,就像是戴了有色眼镜一样,总是对身边的人和事选择性地"批判",最后失去心理平衡。这类人喜欢凡事往坏处想，变得冷漠、孤僻，导致人脉资源流失。

4

我的老板曾对我说过这样一句话："一天到晚只会抱怨的人，必定是不成熟的人。"你整天抱怨这抱怨那，有用吗？还不如时刻提醒自己，与其因为抱怨浪费时间，不如去想想自己希望得到的到底是什么，然后想办法实现目标，充实自己的生活。

一个人一旦被抱怨束缚，就会无心工作，在任何单位都是自毁前程，失去对自我人生的掌控权。而当你知道自己想要什么、该如何去面对社会、快速地适应社会后，你就没时间去抱怨了。因为，到那时你把时间都用来学习了，期望更好的自己能配得上更好的人生。

"你有时间抱怨，不如好好学习，将来有一份好工作，让父亲过上好日子。"这是马小跳最简单的想法。

天下没有免费的午餐，正如马小跳所言："与其抱怨，不如去学习。"因为，在这个竞争残酷的世界里，你若对自己抱着过高的期望，想被公司重用、想得到丰厚的报酬，

就要不断地充实自己，强大自己。

这不是一个看脸的社会，生存靠的是实力。大格局的人才能有大人生，而我们只有放下对生活的抱怨，不断地充实自己，才能跟上时代的步伐。

畅销书《不抱怨的世界》的作者威尔·鲍温认为："我们之所以会抱怨，是因为我们觉察到抱怨可能会带来好处。"事实上，抱怨不能解决任何问题，也不能减轻内心的痛苦，除了让更多的人远离你，你什么都不会得到。

不经历风雨，怎么见彩虹？

在逆境中，我们要端正态度，勇于接受挑战。如果能够放下抱怨，保持积极的心态、保持责任心，做到在其位尽其职，竭尽全力将自己的聪明才智用在思考和学习上，这样，你一定会得到极大的锻炼和成长，人生一定不平凡。

5

人生在世，我们要做到沉得住气，要学会勇于弯得下腰、抬得起头。

这是父辈给我们的忠告，也是当代社会值得倡导及借鉴的处世准则。人生的长途跋涉，每个人都会有自己的无奈和苦痛，所以不要觉得这个世界在处处与你为敌，也不要觉得这个世界欠你什么——是你自己想要好好地活着才去跟这个世界较劲，要拿回生活的掌控权。

对于我们每一个人来说，生活美好而又艰辛。你若懂得放下抱怨、心怀感恩，相信你的明天正如马小跳相信的一般，灿烂而又美好。

◇ 与其被别人掌控，不如自己掌控自己

1

对于命运来说，你没有其他选择：要么被人掌控，要么掌控自己。被人掌控，你就得削足适履，而掌控自己就能让环境削足适履。可惜，并不是所有人都能明白这个道理，但我相信每个人都会做出掌控自己的聪明选择。

关键问题是，如何真正地掌控自己呢？

人海茫茫，在无限的拥挤中，我们看到的通常只是沧海一粟。对于自己的起起落落，要么无力掌控，要么根本就没有意识到要去掌控自己。

可你要知道，只有掌控了自己的人生，对于命运你才有话语权、决定权，才能真正活成自己想要的模样。

掌控，言辞凿凿，但人生是现实而残酷的。只有站在足够的高度上，才会拥有更多的选择权、才有可能引导生活向你所希望的方向前进，并得到你所期望的结果。

法国作家蒙田说："要是你懂得如何思考和安排你的生活，你就完成了一项最伟大的工作。"

那么，如何更加有效地工作与生活、有更多的时间去完成梦想、掌控自己的人生绽放光彩呢？首要的一点，就是拿回人生的掌控权。

2

"人生与其被别人掌控，不如自己掌控自己。"这是沈亚楠在年终报告中说的一句话。是的，倘若你的人生被别人玩弄于股掌中，那还有什么尊严可言？你的人生还有什么梦想可言？

沈亚楠卫校毕业后选择继续深造，可这时父亲突然去世了。母亲的身体又不好，为了生存，他不得不放弃学业，选择外出打工。一个专科生，求职路漫长而又坎坷，不是专业不对口，就是被嫌弃文化程度不够。

一次偶然的机会，沈亚楠看到一家医药公司在招聘专员，想着自己是卫校毕业，懂些医药知识，他高兴极了，那天饭都没顾着吃就去应聘了。

可当他赶到医药公司时，才发现对方招聘的是医药助理，需要进行计算机和专业知识的考试。医药专业还行，可计算机却不会，他一下傻在了那儿。

回去后，沈亚楠咬咬牙，从生活费里拿出1000元去了一家计算机速成班学习。苦熬了一周后，他被那家公司录用了。尽管很多人并不看好他的这份工作，但对他来说，只要能养活自己就是好工作。

这份工作，沈亚楠一做就是两年。一步步，他从一两千元工资的实习生做到了上万元工资再加提成的销售精英，硬是把日子过活了。可就在这个时候，公司面临新的

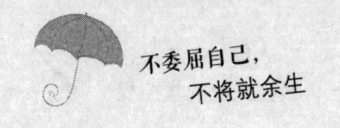

挑战，要进行内部调整，还准备裁员。

一个新人难免会成为刀俎下的鱼肉，沈亚楠看到了自己尴尬的境地。但他并没有怨天尤人，而是开始积极收集从事医疗器材生意这方面的信息，为新的人生做准备。

后来，沈亚楠辞职下海经商。为此，母亲非常生气，乡里的亲朋好友也劝他不要再折腾，说他不是做生意的那块料子。

任何一份安逸而又毫无挑战性的工作，是最不能让人生安稳的。沈亚楠心里很清楚，自己的人生只有不断地调整、不断地挑战，才能活成令人仰慕的模样。

辞职后，沈亚楠只身一人来到了北京。在没钱又没人脉的情况下，仅凭一腔热血去创业，他所面临的困难超出了所有人的想象。何况做医院的器材生意，每天都要跟业务院长打交道，碰到脾气好的，还能唠上几句；遇到脾气差的，不等你说完，他们就会直接把你轰出去。

即便如此，沈亚楠都从未放弃过。

别人为什么要信任你，首先就是你的服务，因为做销售就是做服务。用心将顾客的喜好记在心里，赢得顾客的信任，维持好老顾客就是成功的第一步。

第一章
评断自己，紧握人生的掌控权

决定你人生命运的，通常不是其他，而是你做人做事的格局与层次。再后来，沈亚楠的业务开始有了起色。随着业务的扩大，他还自己创办了爱嘉医疗器械公司。公司从前期的筹划到运作，经营到盈利，很多事情他都是亲力亲为，从一点一滴做起。

沈亚楠用自己的努力与坚持，拿回了人生的掌控权。有一次他哭着告诉母亲："我努力了这么久，上帝也终于觉得过意不去了。"其实，不是上帝过意不去，而是被他感动了。

欲要感动上帝，必先感动自己。

3

人生是需要自己来掌控的，当上帝将续写繁华的笔交到你的手里，如何撰写那是你的权利。如果你主动将人生的掌控权交到别人的手上，那你就会活在别人的命令中，成为别人可以随意指使的对象，没有了自己的思想，人生也没有了自由，更无望去选择一种属于自己的生活方式。

当明白这种责任和义务之后，你就会理解，其实我们

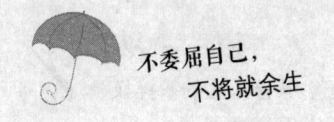

一直都是在为自己而活。那么,如何掌控自己的人生,不被别人所掌控,又该如何努力活成自己想要的模样呢?

1. 合理的规划,至关重要

想要控制权,首先要学会进行规划。规划的本质就是将未来带到现在,这样你就能有条不紊、遇事不乱。

当人生出现重大变化时,比如上大学、更换工作和退休时,我们都不得不学会进行角色调整。学习,不时地给自己充电,就是为了让你更加契合自己当前的角色。

掌控就是一种感觉,通过合理的调节会让一切都变得理所当然、水到渠成。这种掌控不仅能使你更好地完成手头工作,还能让你在处理问题的时候更加灵活,更加富有主动性。

2. 把握好时间,轻松掌控生活

人生最重要的资源就是时间,在这一点上,所有人都是公平的。当我们在抱怨命运不公的时候,就应该谢天谢地——上帝给你的时间不比别人少。

因此,与其感叹自己缺乏别的资源,比如金钱、人脉,不如好好管理时间资源,以弥补其他资源的不足,因为正确使用时间资源能创造出其他资源。

第一章
评断自己，紧握人生的掌控权

在处理一些重要事情时，确实应该追求完美，但如果在一些细微的事情上太过于追求完美，反而是舍本逐末，会得不偿失。这些事情会在不知不觉中浪费你大量的时间，并使你脱离原来的计划，甚至没时间去做真正重要的事情。

要想改变自己的生活，就要做时间的主人，从掌控时间做起。端正生活态度，对自己的人生目标尽最大的努力，不要因为目标难以实现而不去做。

3.努力将"永远"坚持下去

只要自己努力了，不管结果如何都值得欣慰，如果不去尝试，你永远都不会知道雨后的天空可能会出现彩虹。如果尝试了，你虽然未必会成功，但至少有成功的机会，自然也会有其他收获。

4

所谓"让"，即是放弃。其实，这个世界并不存在你鄙视的什么人。那个放弃自己的人，就是曾被你鄙视的人——这个人，或许就是内心已萌生退意的自己。

遇见的人、经历的事情，这些都决定了你未来的人生格局。或许很久之后你才能明白，世界上并不存在传说中的"别处"，每个人所拥有的也不过是当下的一切。而兜兜转转最终得到的，也不过是在一开始所错过的。

想想过去，从小上各种培训班，兴趣被父母掌控；考大学选专业，命运被父母掌控——父母从来不问你喜欢什么，而是告诉你什么专业好就业。其实，你的生活并不是由别人掌控着，只是习惯性地依赖别人给你做决定而已。

为了成为焦点，让老师满意、让父母放心，我们习惯放弃对人生的掌控权，在扮演着一个看上去更讨人喜欢的自己。事实上，这根本不是你真实的想法或者追求。

就像沈亚楠一样，尽管母亲劝阻、朋友不屑，他都没有放弃自己对人生和梦想的追求。无论你怎么做，都不可能讨全世界的喜欢。无论讨多少人开心，如果自己不开心，一切都没意义。那你还不如沿着自己的心，一路奔赴自己的渴望——那里的泪和痛，都是自己最真实的感受。

其实从你上学那一刻起，很难预测到自己将来要从事什么工作，将来所要从事的工作是否跟自己在大学里学的专业有关。其实，很多人现在所从事的工作，跟他当初所

第一章
评断自己，紧握人生的掌控权

学的专业一点关系都没有。但是，我们仍不能放弃，因为想要活着，并且活得更好。

活得好，就要拿回人生的掌控权。你会明白，你是能主导一切的，包括梦想。你不应该随波逐流，要听从心灵的召唤，走自己的路。

人生苦短，你无法希望别人来满足你的期望，完成你的渴望。只有自己掌控好自己，让自己有能力去选择并规划自己的人生，幸福和成功就离你不远了。

至少，肯定不会太远。

◇ 为什么被炒的总是你

1

明明已经很努力了，为什么被炒的总是你？

前些日子，我收到朋友朱墨的微信，聊着聊着就聊到

了工作。

我还记得当初朱墨找工作的情形,那时她是刚走出校门的愣头青,做事难免磕磕碰碰。起初我还劝慰她,可没想到她告诉我,不到两个月她就找到工作了。

这边我正为她高兴呢,没出两个月,丫头给我发了不下5条同样的短信:"姐,我失业了!"接下来,就是一部痛哭流涕的血泪史!

"这两个月我换了很多工作,可总是被用人单位炒鱿鱼。前几日刚找到一份,试工第三天用人单位就不要我了。我真的很努力了,明天又要去面试,可我该怎么做才能克服心理障碍——我真的害怕再次被炒鱿鱼……"

我只是比朱墨大了3个月,本不适合说教,但我只想问一句:为什么被炒鱿鱼的总是你?很多人都要适应从学校到社会的过渡,任何不适应都会在此显现出来,可为什么别人能做到顺风顺水,而你不能呢?

其实,这个世界根本没有所谓的职业生涯,而你根本无法预测到将来自己想从事什么工作、能从事什么工作、所从事的工作是否跟你的专业有关。

事实上,很多人现在所从事的或将来有可能从事的工

第 一 章
评断自己，紧握人生的掌控权

作，跟当初他学的专业一点关系都没有。

如何在一个陌生的领域崭露头角，分得属于自己的一杯羹，那就看你怎么做了。

大学毕业后最初的那几年，重要的不是你做了什么工作，而是你在工作中养成了哪些良好的习惯——认真踏实的工作作风，以及学会了用最快的时间接受新事物，发现内在规律并且处理好问题。当你具备了这些最基本的素养，就会被领导及同事信任。当你具备了被人信任的基础，就会遇到越来越多的工作机会。

原因很简单，用一句话就能交代清楚并被顺利完成的工作，谁愿意说三句话甚至半小时交代一个做事拖拉的人呢？沟通也是一种成本，时间越少，内耗就越小，这是管理者最清楚不过的一件事。

当你拥有比别人更多的工作机会，去接触那些你没有接触过的工作时，你就有比别人更多的学习机会，因为人人都喜欢聪明、勤奋的学生。

可很多人都不明白这个道理，比如朱墨。人群中还有很多形形色色的人，他们都搞不懂一件事——认为自己明明很努力了，为什么还是被炒鱿鱼？

2

前段时间,萧艳在某文化传媒公司谋了份工作。这不,3个月试用期刚到,她就兴高采烈地去人事部询问有关自己转正的事情,得到的却是未被录用的晴天霹雳。

自己明明很努力,为什么会得到这个结局?

萧艳非常伤心,也很气愤。交接工作的时候,她抹着鼻子对上司诉苦。上司是一位中年妇女,她看着萧艳,一脸的别有意味。

"为什么走的是我?"

"为什么不能是你?"

接下来,上司给我们再现了萧艳这3个月的工作表现。3个月,不长不短,却成功地将萧艳"打造"成了一副让人鄙视的模样。

第一天,8点半上班,萧艳8点29分才来,而部门经理早已将办公室打扫干净。

第二天,部门经理安排萧艳做一份调查表,她一看,竟说:"经理,这不在我的工作范围内。如果非要做,那

第一章
评断自己，紧握人生的掌控权

你把表格的模板做好，我来填。"

第三天，部门经理正在接待一位客户，此时办公室的电话响了。经理让萧艳接，她却说："对不起，我正忙呢。"

第四天，部门经理让萧艳翻译资料，并交代翻译好后一定要多检查几遍。可最后交到部门经理手中的资料里，错误仍然有一大堆。

……

熟悉公司环境后，萧艳开始四处打听公司各部门工作人员的工资情况。当然，其中也包括部门经理的。并且，她喜欢在上班期间聊天，对那些高层的八卦更是说得天花乱坠。对此，部门经理多次提醒她，她也是点头就忘。

刚过一个星期，萧艳便开始向部门经理探听自己能不能过试用期，以及过了试用期待遇怎样。事实上，她离试用期完结还有83天。

在接下来的日子里，萧艳不停地打听公司的各项待遇，打探自己什么时候能转正，对公司的各种新闻更是大肆渲染，俨然是一个小报记者。

"现在知道你为什么未被录用了吧？不懂的话，我还可以告诉你更多。"离开时，部门经理只是挥了挥手。而这对于萧艳来说,却是一记响亮的耳光。

是的,部门经理说得也没错:"我不期望你天天比我来得早,但是身为办公室的一员,一人一天,就是排到月底,最起码你也得打扫一次卫生吧?

"我没有指望你是一个计算机高手,但是你连最起码的办公软件都用不好。这里是公司,需要你主动去学习,而不是跟你在大学时一样被动地接受学习。

"最后一点,为什么我比你学历低却职位高、工资高,那是因为我比你努力——这个社会不看脸,看的是能力。"

对于每一个职场人来说,晋升之路都是一个很重要的阶段——只有不断地进阶,才能施展自己的才华。其实,对于新人来说,最初的几年看不出太大的差距,但这几年的经历,会为以后的职业生涯发展奠定至关重要的基础。

3

很多人不在乎年轻时走弯路,觉得日常工作每个人都能做好,没什么了不起的。然而,就是这些简单的工作,循序渐进地、隐约地成为今后发展的分水岭。漫不经心的工作态度，会让你失去更多的工作机遇——看似简单，却是一个人在职场中的能力问题。

那我们该如何在职场中生存，并获得晋升的机遇呢？

1. 承担更多的责任

勇于负责不受重视的项目并做出成绩，积极配合领导的工作，帮助团队里的新人快速成长。在完成自己工作的前提下，竭尽所能地为领导分忧解难，少说话、多做事。

2. 自我精进，与时俱进

多学习，提升自我，让现在的你比以前的自己更具有价值，从而获取更多的机会。

与大家一起分享学习心得的时候，教会别人工作技巧也是在提升自己，这有助于建立与提高你在该领域的地位，使你更加有价值。

3. 勇于接受挑战，做问题的解决者

在所有的企业运营中，都会有很多难以解决但不是无法解决的问题，所以请你努力充实自己，勇于成为问题的解决者。因为，所有的公司都想留住那些有能力、并且永远不会嫌工作多的人。

自作聪明的人，从不认为自己的能力有问题。时间长了，他们就会抱怨自己运气不好，抱怨那些看起来资质普通的人居然能走狗屎运。慢慢地，他们的心态就变了，开始大喊怀才不遇。

事实并非如此。你所做的，领导都看在眼里，你说不说，你的成绩都在那儿摆着呢。

或许你会一厢情愿地认为自己是个聪明人，但不能长久地沉入到一个行业里去，这并不是一个聪明的选择。踏实是人人都能做到的，与先天条件没有太大的关系，而成就一个人的就是这种踏实。

在小聪明和踏实之间，几乎所有的领导都愿意选择后者，都认为一个能沉得住气的人，才是难得的人才。

不要埋怨，请从你的字典中删除"这不在我的工作范围内"这一句话。

当你被要求完成额外工作时，要欣然接受，这可能是领导看你是否愿意多负责任的试探。一个斤斤计较的员工不会被领导考虑晋升，你梦寐以求的职位可能会被一个愿意多做工作的同事获得。

第一章
评断自己，紧握人生的掌控权

4

《我的前半生》中，当罗子君去准备面试的时候，贺涵对她说了一句至关重要的话："你一定要做到可以取代任何人，然后再考虑做到任何人都不可以取代你。"

职场如战场，如果你没有两把刷子，肯定是站不住脚的。可为什么你会被裁员，那说明你没有做到这一点。社会竞争如此之激烈，作为职场人，不管在哪个岗位都要通过自己的努力去站稳脚跟。

努力尝试去进步，是为了让自己感觉到存在的意义，让自己在这个世界上还有事可做、有目标可追，证明自己的灵魂还没完全枯萎，证明自己并没被打倒。

其实，当一个人开始愿意付出和担当的时候，才是成长的开始。

有时候我们会很困惑：忙碌的人生里，我们到底得到了什么？我们还会茫然自问：明明自己很努力了却总是被炒鱿鱼，生活的意义又在哪里？尽管如此，我们都不能放弃对梦想、对人生的追求。因为，人生是你自己的，你选

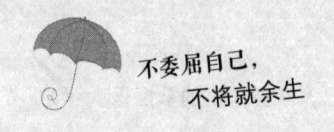

择安逸而放弃掌控权，一切的付出都将变得没有任何意义。

那还怎么谈梦想？

◇ 谁说拒绝别人是自私的行为

1

因为怕得罪别人，怕别人对自己不理不睬，有些人选择在职场中做一个老好人。不管是上司的决定，还是同事的抉择，他们都是一味迎合，小鸡啄米似的点头。

这样的人，每天都是在看别人的脸色生活和工作。其实，这样非常累，也得不偿失。

埃摩森猎头公司指出：职场里，你可以做好人，但不能做老好人。更何况，如今的社会对老好人并不友好，不管是生活中还是职场中，老好人不是处处受排挤，就是别人总想从他们身上占点便宜。

第一章
评断自己，紧握人生的掌控权

可很多人还是喜欢做老好人，好像身边所有的人都是祖宗，得罪不起。他们的意见总会被外界所左右，即便自己再怎么觉得好，也喜欢去揣测别人是否有同样的感受，担心自己的选择会给别人带来不快和麻烦。

在职场中，为了讨好领导，他们坚持领导的意见永远正确的立场，而让个人的独立判断一次次让步。如果你只是单纯为了搞好上下级关系才做老好人，那么你就太对不起自己了。而且，你越是追求好的，就会发生很多的不好；你越在乎别人的感受，别人就越不会在乎你的感受。换句话说，你越是将别人当回事，别人就越不会把你当回事。

可你不懂啊，你的人格、尊严、自我在哪儿呢？就像此时的刘倩，做得那么辛苦，内心又是那么不甘。可是，她不知道该如何表达自己的想法，怎么勇敢地说"不"。

这样的老好人做得实在是太累了。

2

以前，刘倩是一个非常热心的人，不论是在工作中还是生活中，都喜欢帮助别人。

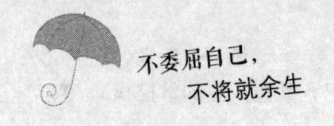

在公司里，不管是本职工作，还是别人要求的一些小事，只要有人去请刘倩帮忙，她都会积极地答应。平时看到同事有事忙不过来，她也会热心地去帮忙。

尽管有时候也很累，但刘倩不好意思去拒绝，认为别人"使唤"她是看得起她，是觉得她有能力、人缘好。而且，刘倩觉得在帮助别人的同时，她可以从中学到很多业务上的知识和工作经验，并且也搞好了人际关系，赢得了大家的认可和喜欢。

因为刘倩"善解人意"，她的额外工作越来越多。为了帮助别人，她不得不牺牲自己的休息时间去加班做统计表，有时候还去帮助别人填报数据、核对资料。当遇到自己不懂的专业知识时，为了完成任务，刘倩便会花时间上网查资料。

"你这样做太累了，也会吃亏的。"起初，朋友劝她的时候，她不以为意，也学不会拒绝，认为帮助别人不仅能得到快乐，也提升了自己。

可是，随着时间的推移，烦扰也接踵而来。

那天，会计小马找她帮忙整合统计表，这本是他个人的分内之事，他却对刘倩说："帮我个忙吧，你之前做过，

第一章
评断自己，紧握人生的掌控权

熟悉程序，做起来速度快。"

"什么时候要？"刘倩从一堆资料中抬起头，抱歉地说，"你看，我这……"说着，她指了指电脑桌前一大堆需要整理的资料，表示有些无奈。

小马瞟了一眼电脑桌，扔下文件，留下一句"我不急"，转身离开了。

看着小马的背影，刘倩无奈至极，心想：你不急，我的工作急啊。可是，她最终都没有说出那个"不"字。

几天后，因为小马负责的统计表出现了数据错误，造成公司的成本增加，远超出了预算。不管是多少，但这是个人的工作疏忽，为此部门召开了紧急会议，着重讨论了这个问题。因为这不是能力问题，而是态度问题，在工作中"态度问题"是非常严重的。

会议结束后，小马竟然对部门领导如实相告，说那份资料是刘倩做的，当时自己在做另外一份急用的文案，没有审查。就这样，小马轻而易举地将责任推卸给了刘倩。

部门经理了解刘倩的为人，所以并没有对此事追究太多。但是，当刘倩得知后，真是气死了。不过，她更恨透了自己——为了小马的统计表，自己加班加点完成分内工作后又熬夜,现在为了满足别人的要求反而委曲求全于自己,让别人责难于自己,别人还觉得是天经地义的。

刘倩,你活该!

"有时候,不是你无原则地对别人好就能博得对方的尊重。如果自己对别人的态度好到卑贱的程度,事情反而会发生微妙的变化——人家见你那么低声下气,在心底反而更加看不起你。"

刘倩被部门经理一语惊醒。

3

公司里,在一种特定的工作环境中,很多工作是难以区分必须是哪个部门、哪个人的职责。就像以前我在众如集团做事的时候,明明是技术科的工作,有时候也会让我们生产部来做——老板只要结果,谁做无所谓。

如果说你总是放低姿态,总是太好说话,那你的工作量将会越来越大,找你帮忙、甚至是找你事的人也会越来越多。不仅仅是工作和生活的琐事,多数人都是冲着你好说话和好脾气,冲着你不好意思拒绝的性格而来的。

第 一 章
评断自己，紧握人生的掌控权

大家会对你的帮忙产生越来越多的依赖感，甚至是带着一种"不用白不用，用了也白用"的心理，来找你办事。

你真的很闲吗？

老好人都是碍于情面或者是心太软才不懂得回绝别人，把一些不该做的事、不属于自己分内的事情揽过来，结果事情做了不少，反而没有落下什么好。

所以，很多时候老好人是做不得的。事实上，职场中也不是非要去做老好人才能为自己赢得人脉。

是怂恿？是纵容？还是鼓励自己在这个功利的世界里赢得一席之地？生命有限，我们要学会把时间花费在真正需要做的事情上、真正值得帮助的人身上，要学会清理你拥堵不堪的内心世界。

那么，在职场中，如何勇敢地表达出自己内心的想法，活出一个真实的自己？

1.多学、多做，时刻为自己充电

成为老好人的人，出发点大多是好的。

有人的地方就有江湖，产生这样那样的摩擦很正常。可一些刚入职场的新人，他们渴望在复杂的人际关系中跟所有人都相处得融洽，即便有人悄悄给他们穿小鞋，他们

也会选择"大度"以对——假装没听到,因为怕得罪人。

倘若你有绝对的实力,就很容易被老板重用,这便预示着职场路的通畅,怕是那时没人敢找你麻烦。

其实,能为公司做出业绩的人,能赢得更多的重用。如果你的工作很容易被人替代,不论你做了多少事也不会被重视。所以,要想在公司里有话语权,就必须及时学习,充实自己。

2. 要对自己有一个清晰的定位

你要目标明确,认清自己想要成为什么样的人。在公司中,你究竟想获得什么——只是在公司混口饭吃,还是想在这里获得一席之地,为成就梦想添砖加瓦呢?

心态上不断调整,技能上不断积累和提升,打造属于自己的核心竞争力。做好工作计划,时刻保持自信、独立和强势的心态,只有这样,你才能掌握好自己的工作局面,扩大人生格局。

3. 学会拒绝,勇敢说"不"

职场中很多人爱做老好人,最大的原因就是不会说"不"。因为你不懂得拒绝,所以,很多别人不愿意做的事情就会轮到你去做。不要看平时他们都对你很好,其实

第一章
评断自己，紧握人生的掌控权

他们只不过是在利用你帮他们干更多的事——你要勇敢地说"不"，坚守自己在职场中的底线。

4

谁说拒绝他人是自私的行为呢？

在职场中，当你选择做一个好人时，就等于放弃了自我防卫，并将自己的劳动成果拱手送给别人，这等于是免费为别人干活，将自己的命运交给别人去掌控——因为你是一个"好人"，所以别人可以肆无忌惮地欺负你。

因为总想着"多做点、多学点"，不管什么事都接下来，不仅消耗了大量的时间和精力，更严重影响了自己的本职工作，这可是职场大忌。

要知道，工作也有不同的价值度，要了解哪些工作是有价值的，它们不仅可以提高你的核心技能，还能助你成为上司身边不可或缺的能手。

为了捍卫自己的成果，这算哪门子自私？

无论是在职场中还是在生活中，学会拒绝都是成长的第一步，因为只有学会了拒绝，你才能成为一个有价值的人,继而获得人生的高度。

学会为自己争取利益,让自己的能力凸显出来,这样,你的劳动才有尊严,也才能体现你的价值。说得难听点,当你对别人的要求唯命是从,卑微到没有原则、毫无底线时,反而会让对方鄙视你,瞧不起你。

在职场中,随着工作能力的提高、工作经验的丰富,我们要学会去帮助别人,更要懂得如何去拒绝别人无理的要求,如何说"不"。

这种成熟的处事方式,在维护了你个人利益的同时,更彰显出你承担工作责任的态度。因为工作中的事情不仅仅是帮个忙这么简单,也不是说个人之间情分的事情,更多的是责任和义务。

勇敢地将"不"说出口,我们依然能兢兢业业地做好本职工作,乐于合作的同时,重视团队精神。

现在,我们无须刻意地去讨好谁,而是痛快地做回自己,我们希望的、渴望的,只要努力统统都能得到。而这种醒悟和觉悟,必将让你获得更大格局的人生。

第一章
评断自己，紧握人生的掌控权

◇ 多疑，说明你学会了思考

1

在生活中，我们一般喜欢将多疑这种性格定义为缺点——疑神疑鬼，让人心生厌烦。但在科学研究上，多疑的态度是好的，例如科学上的创新，"日心说"反对"地心说"的胜利就是一种多疑的结果。文化上的创新，也可归功于多疑的进步。

尽管多疑的人或多或少会给生活造成一些不必要的麻烦，让人无法付出信任、让朋友或恋人间感到不安从而很难交心。但我们不能由此否认多疑在生活中的优点，所以不要害怕在得出结果前，提出自己的疑问。

敢于提出疑问，说明在这个问题上你投入了思考，真正地将这个需要思考的问题放在脑子里过了一遍，这比那

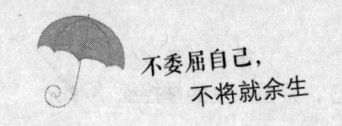

些不过脑子、"两边倒"的人更让人放心。

对于事物，如果只是别人说什么你就信什么，人云亦云，这样如何有进步、如何去超越前人呢？

事实上，这样的人大多是没有能力的平庸之人。而恰恰是那些多疑，让敢于问出一个"为什么"的人推动着社会的进步。

哥白尼和布鲁诺对于教皇"地心说"的多疑，推进了天文学的革命性发展；伽利略对亚里士多德的多疑，才有了比萨斜塔上两个铁球同时着地的实验创举；爱因斯坦对牛顿"力学"的多疑，带来了"相对论"的诞生。

2

多疑是优点还是缺点，并没有一个确切的答案。虽说很多人都认为多疑是不好的，但随着时代的改变，在很多场合里多疑却是优点。就像夏小白，尽管身边的人都喜欢说他有些"神经质"，但大家都不否认他是一个爱动脑子的人。

细心敏感，能想到方方面面；脑洞大，分析能力也不

第一章
评断自己，紧握人生的掌控权

错。也正因如此，夏小白的生活和工作达到了前所未有的高度。

尽管时下 IT 行业已趋向平常，社会关注热点也逐步转移，但夏小白从未想过辞职。在他的眼里，任何一份工作，既然决定去做，就要努力做到最好。

记得有一次，快下班了，夏小白对刚编制好的程序做最后一次审查，下周一公司将与苏梅科技公司进行最后一次洽谈。程序不是他做的，但他是这个项目的负责人。

可就在这紧要关头，夏小白发现程序存在漏洞。他实在是想不通，一边安慰自己，一边快速查找。经过几次排查，他发现有一组代码重叠。

还有一个星期就要开洽谈会了，如果现在修改，时间根本不允许。如果将实情报告上级，结果只有一个，就是会谈被取消，这样公司上千万的利润就打了水漂——升职加薪倒是小事，给公司带来巨大的信誉损失就麻烦了。

"小白下班了！"小青喊道。同事都忙着下班，此时夏小白紧盯着显示器，他不停地敲打着键盘。

"小白，怎么了？"小青见夏小白没反应，问了一句。

"这个程序好像有问题。"

"李哥是这行的老人了,他做的能有什么问题?"小青瞟了一眼组长李行办公室的玻璃窗,"刚才在投影仪上不是演示过了吗?二部的熊代理也说不错呢,错不了的。走吧,疑神疑鬼的,李哥会不高兴的。"

此时,夏小白紧紧地盯着显示器,并没有理会小青的劝解。因为他知道,这是用在金融方面的防御系统,别说是漏洞了,哪怕是防御系统薄弱一点,都可能造成很大的经济损失。

作为软件开发者,他们的目的就是让开发商达到所预想的商业目标,如果不能达到,就是白费力。

"小夏,有什么问题吗?"这时,李行从办公室里走出来,看到了在一边忙碌的夏小白。

"我觉得这个程序有点问题……"

李行看了一眼电脑,说:"能有什么问题,你想多了。"

尽管每一门成熟的编程语言都会向用户提供丰富的应用编程接口,这个小程序应该不会有多大的问题,但为了证明系统的安全性,夏小白将那条疑似有错的代码取出,重新进行测试,结果发现这个 C 语言代码真的有问题。

李行尽管面子上有些挂不住,但对夏小白这种"多疑"的性格却非常佩服。因为大家的目的是一样的，都是想高能高效地完成任务。

在平时的工作中，写程序文档时，夏小白会提醒大家先写下程序的设计要求，并根据要求设定模块数量和功能，对于具体程序和模块要写得越详细越好，最好详细到将文本中的注解换上编程语句就能执行的地步。

其实，在任何时候，完美就是学会问"为什么"，比如："为什么这样做""为什么这么设计"。而且，每一次调试发现要修改的问题，必须给出注解，说明原因和解决方法。这样在不断发现新问题的同时，也得到了新的收获，进而对自己的设计方案产生启发。

对于任何一个岗位的人来说，好奇心与求知欲都是非常重要的。

多疑的人都富有创造性，如果人们没有对生活、对科学产生多疑，世界上就没有那么多的发现与发明了。如果没有像夏小白那样的多疑，又怎么会发现问题。那样，绩效提升了不说，最后还赢得上司的肯定。

3

多疑，不是疑神疑鬼，而是反映了一个人的思维敏捷、头脑灵活、心灵感应强。如果一个人经常人云亦云、循规蹈矩，自然是成不了大事的。多疑，说明你学会了思考，它的优点是显而易见的。比如：

1. 打破常规，发现新问题

善于质疑，勤于质疑，才会发现别人不能发现的理论，并有所创新。质疑是学习、思考和探索中非常重要的一个环节，只有当不清楚、不理解、不懂才会去多疑，所以多疑的出发点是为了搞懂问题，求得真相。

发现问题，就必须提出疑点在哪里，并就此疑问点提出更有效的措施及改良方案。或许你提出的问题，是谁都知道的或者是历史遗留问题，你再说一遍毫无意义，老板也不会多看你一眼，还会嫌你烦。但是，如果你在提出问题的同时，进行分析并提出切实可行的解决方案，这才是老板想要的。

2. 要全面理解所学知识，打牢基础

任何一次怀疑，都是建立在丰富的知识和认真思考的基础之上。任何一次有效的怀疑，也都依赖于对事实的仔细分析和对理论的深入研究。

3. 多疑的人，更容易走向成功

多疑的人，能够多发现问题、多思考问题，进而能够解决问题。大胆地说出"为什么"，这恰恰是一个人能力的体现。质疑使人智慧敏锐，只要我们在生活中敢于打破常规、打破传统，那么，我们的世界就会前进得更快。

人们常常喜欢把知识比作海洋，因为海洋是无边际的，所以知识也是无止境的。一个人，无论他有多大的学问，总会有无知的一方面，而多疑、善疑、质疑、探疑则是获取新知识的途径。正是基于这一点，法国的伟大作家巴尔扎克说："打开一切科学的钥匙都毫无疑义地是问号，而生活的智慧，大概就在于逢事都问个为什么。"

的确如此，如果达尔文没有对"神创论"的怀疑，就不会有"自然选择学说"的确立；如果哥白尼没有对"地心说"的怀疑，也不会有"日心说"的创立。所以，只有"疑"，才能使得我们的智慧之树开出艳丽的花，结出丰硕的果。

每个人都会有"多疑"这个习惯，不认为自己的多疑是不正确的——人要不断思考、不断总结才能够不断前进。学会问"为什么"，那你知道的肯定会比别人多。即便你提出的疑问是错误的，也没关系，下一次就会在同一个问题上少走弯路，避免不必要的资源浪费。

4

日常工作中，我们都希望别人要努力工作，并要学会吃苦。但是，在会吃苦的同时，我们也要学会思考。

舍友王瑶是超轻黏土爱好者，她做的各种黏土肖像物惟妙惟肖，不少同学都找她买过"手办"。大学毕业后，王瑶应聘了几份工作都不满意，就回老家当了一名手工艺人——她开了一家淘宝店，靠着接"手办"订单赚钱。

虽然王瑶做的"手办"很精美，可由于宣传力度不够，网店的生意不是特别好。前段时间，她看很多人都在玩抖音，觉得这可能是个宣传途径。于是，她也下载了抖音软件，注册账号上传了自己制作黏土肖像的视频，当天的视频点击量就过万了。好多网友都评论："这个'手办'做

第一章
评断自己，紧握人生的掌控权

得太棒了，可以卖给我吗？"

就这样，王瑶的淘宝店火了，每天都有客户下单，这下子可把她忙坏了。网店所有的"手办"都是王瑶手工制作，订单暴涨以后她根本没法按时完成，她就想，除了加班制作以外，还有没有更好的办法提高效率呢？

晚上，她盯着摆放在桌子上的半成品突然想到了一个好办法——做黏土肖像，最复杂的地方就是身体和脑袋，如果开发一次成型模具，不就能更高效地完成了？

想到办法，说干就干，第二天王瑶就联系了一个模具老板订制模具，这下她就能给客户按时发货了。

人会有天然的惰性，都喜欢人云亦云，不愿意轻易改变现状。但你要有自己的思想，并且有勇气大胆地提出来。错了不要紧，就当是活动了脑子，为后人做一个反面教材，但假如你是对的呢？

从一件小事中，你就能看到学会思考的好处。而你也只有学会思考和总结时，才能对各项计划及时地做出调整和更正，而这样的习惯必然对你个人的成长和企业都会有莫大的益处。勤于思考，才能获得大格局，而这样的你何愁升职加薪呢？

◇ 这世界不只看脸，更看本事

1

"黄渤到底是拿什么征服了这个看脸的世界？"

我曾在网上见过这样的帖子。演技，这是重点。没有人说长得不好看就不能当演员，如果说有的明星成名是靠脸，那黄渤是靠实力。

这句话让所有人都看到了希望，这个世界不只是看脸，更看本事，怨天尤人没有任何作用。

你拼不了颜值，就拼努力，咋了，就不信成不了事。到那时，你慢慢就会发现这个社会还是相对公正的，机会还是很多的。不能因为没有颜值，就抱怨人生的不公，而怨天尤人除了会使你的朋友越来越少、机会越来越少、生活越来越不幸福之外，对你没任何好处。

第一章
评断自己，紧握人生的掌控权

有的年轻人会说，我有个性，我就不爱干这个。但别忘了，个性是成功人士的专利，试想，你没有成功之前，个性能换房子吗？如果个性能换房子，我比你有个性，我们全家都有个性，但它还是换不了一座房子。

有人说，这就是一个看脸的社会。这话说得也对，毕竟人都有爱美之心。无论是对自己还是他人，如果长得好看，别人就会对你有更好的态度、有更多的耐心。但大多数人都长相一般，如果好看就能获得成功、就能在这个世界立足，那么大多数人该怎么办？

脸，不能决定一切。

因为，构建世界框架的人，是占大多数的普通人。脸好看的毕竟只是一小部分，大多数人还是只能老老实实靠本事。颜值是优势，但不是全部，所以，努力才是正道。

2

苏晓在一次获奖感言中提到，除了努力，再也没什么能让自己的坚持永葆活力了。因为，努力能让你实现梦想，能让你的人生变得更美。

在大家的眼里，苏晓是一个从小到大生活得都比较顺利的女孩，家庭条件好，长相好。

从高中开始，她就积极参加学校里的各种活动，晚会主持、英语演讲、朗诵比赛，虽然并不是每次都能取得好成绩，但她开朗热情的表现还是给大家留下了很深刻的印象。

大学时代的苏晓更加自信，从大一开始，她就在心中给自己定下了目标。四年大学生活，作为法律专业的学生，她不仅通过了英语四六级考试，还拿到了国家司法考试的合格证书。

由于表现优秀，苏晓被老师推荐进入一家律师事务所工作。而此时，苏晓身边的很多同学正徘徊在考研与找工作的矛盾中。相比考研的同学，苏晓早一步进入了社会，而且得到了一个很不错的职位。

女神还这么努力，你凭什么不努力！

同学们都对苏晓露出了羡慕嫉妒恨的眼神，苏晓只是笑笑，她心里明白任何一种成功，都是自己努力的结果。天上不会平白无故地掉馅饼，她很清楚这一路走来自己流了多少泪、吃了多少苦。

第一章
评断自己，紧握人生的掌控权

前段时间，苏晓为了打赢一场官司，熬夜引发的黑眼圈十几天了还不好。而且，最可怕的是掉头发，每次洗头一抓就掉，吓得她好些天都不敢洗头。

在业界，苏晓是有名的"拼命三娘"，有一次接了个案子，每天她只睡4个小时，就这样过了8周。终于有一天她扛不住了，病倒在办公室里，送到医院后查出是急性胃出血，医生说再晚送半个小时，后果会很严重。

康复后，收拾了一番，苏晓又坐在了办公室里。

同事都觉得她疯了，问她："你不要命了吗？"

"要啊！"

"那你这条命是租的还是借的啊，这么毫无底线地折腾？"

"我就是不想这么轻易地放弃。"

其实，有好几次遇到最难的时候，她也想过放弃。可仔细想想，人活着多么不容易，不好好地折腾一番，感觉太对不起自己了。

我们总是喜欢美丽、优秀、内在又丰富的女子，也只有这样的女子，才有能力抵御社会里无数汹涌的激流。可是，她们所付出与承受的，也不是你能想象的。

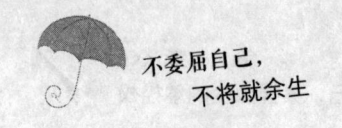

有一次她打电话跟我哭诉，一打就是一个多小时。我问她："那为什么还要这么拼，少干点不行吗？"

她回答说不行，因为她太贪心，想要得太多。

野心太大，这样的人就是应该吃更多的苦，不然配不上自己的野心。

3

这个世界不只看脸，更看本事。章子怡长得漂亮是公认的，可是很少有人知道当年为了得到《卧虎藏龙》里玉娇龙的角色，她守在李安门外苦练踢腿，一次两小时，一分钟都不停歇。

史上有名的丑女钟无艳，因相貌丑陋四十难嫁。据记载，她额头前凸，双眼下凹，头颅硕大，头发稀疏，鼻孔翻翘，皮肤黑红，这描述想想也是醉了。

她饱读诗书，志向远大，终于在见齐宣王时以四条治国建议被封为"第一夫人"。但她从未恃宠而骄，仍旧勤俭吃苦，以智慧辅佐齐宣王重用贤臣，重振朝纲。

若无才华，只拼脸能赢吗？

第一章
评断自己，紧握人生的掌控权

能赢，但不能笑到最后。

这世上最可怕的事，不是对丑人的无情奚落和看人下菜碟的冷漠，而是有些人明明很幸运，却偏偏更努力；有些人明明可以刷脸，却偏偏在拼才华。

你若甘愿永远做一个无才无貌又不上进的"懒癌"，哭瞎了眼，坏人也懒得笑。那就别再浪费时间去追问帅气又多金的男神为什么不喜欢你，这不是蠢萌，而是真傻。

美丽是一种运气，努力才更有底气，让这美丽、努力和运气成为此生的福气。

有的人会认为，世间很多人都是靠着高颜值上位的，并获得了很好的人生。可高颜值并没有保质期，而真正有知识、有内涵的人，才能久经岁月的洗礼，历久弥香。

为什么？且看：

1.容颜不可能青春永驻，但知识能伴随你一生

去韩国美容再造一张脸，这些只能是一个阶段的效果，不论你是谁，岁月都会毫不留情地在你的脸上狠狠地刮下去。知识却能丰富你的内涵，让你更具魅力和知识涵养。而且，它是你的，任何人都抢夺不去。

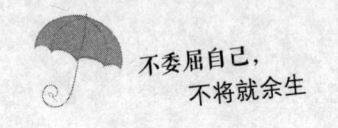

2.努力的人生,才配得上更好的生活

青春是用来奋斗的,很多大学生在还没毕业的时候,总感觉自己有能力,以后会混得不错。可毕业几年后,发现社会跟学校完全是两个世界。

惰性只会让人得过且过地混日子,不思考未来的路怎么走,就等于你安于现状,接受了平庸而卑微的生活。你只有努力,才配得上更好的生活。

3.多学习,会拥有更开阔的视野和思维空间

时间是最宝贵的资产、是最昂贵的成本,也是最公平的给予,但很多人感觉不到它在一点一点地消失。比如,年龄在一年一年地增加,虽然你外表年轻,但掩饰不了内心的恐惧。

你要知道,我们工作是为了更好地生活,有更好的机会去创业。而一个业务娴熟的创业者比只会空想的人创业的成功率要高得多,就像雨天没伞的孩子更知道努力向前奔跑的重要性。

第一章
评断自己，紧握人生的掌控权

4

有句话说得好，没有漂亮的外表，谁想看你的内心。但是，如果你长相不过关，也能通过其他手段来提升自己——只要你成长到非常强大的时候，没有人会说你丑，因为你强大的光环已经把你的丑遮掩住了。

在这个拼爹、拼颜值的时代，我们必须更加努力与坚持。一件事如果只是应付一下，这很容易，应付完后不觉得是在浪费生命吗？

收获与投入永远成正比，混日子是没有前途的。就像苏晓一样，天上不会平白掉馅饼，她想要的，只有通过自己的努力才能获取。如果有意外之财，多年之后也是要付出代价的。

无论你是在创业，还是在上班，都要记住，你不是在为别人打工，而是在为自己工作。多接几个项目、多做几份策划方案、多交几个朋友，都能学到一些经验。

这些知识的积累是别人夺不走的，客观上可能给公司创造了价值，事实上是增加了你个人的价值，给你的人生又增添了一份厚度，而这些人和事都在潜移默化地影响着你的人生格局。

不要整天摆着一张臭脸，你要明白工作的目的：借助公司的平台通过劳动获得酬劳、汲取知识、积累经验。也许今天你花了别人几倍的时间和精力去完成一个项目，但到最后你会发现，你的收获是最大的，你的全面解决问题的能力是别人不可能得到的，这就是你为什么要努力的原因。

这个世界不只看脸，更看本事。能理解这句话，也是一种本事，你说呢？

第二章

不要给自己设限,你的潜力远大于当下

不要把别人的人生与渴望扛在自己肩上,要勇敢做真实的自己。因为,只有你不会辜负自己,不会辜负那些你爱的或爱你的人。

◇ 成长，比成功更重要

1

大家都在奋斗的时候，如果你还在纠结自己在为谁工作，那你就太天真了。这个世界虽然看起来宽厚且富有诗意，可在它看来，你只是一个"奴才"。得失相伴，也就是说它赋予了你许多的选择、恩惠与福利，但同时也剥夺了很多你本该拥有的美好。

我不想说这个世界有多残酷，我只想告诉你，这个社会很现实。

在今天的社会，如果你想要适应明天的挑战，就需要在今天成长得更快一些。环境在鞭策着我们更快地成长，不是速成，是更好地成长，慢慢地一步一步长成我们自己想要的模样。

第二章
不要给自己设限,你的潜力远大于当下

2

当年,我从律师专业转到心理学专业。

我清楚地记得朋友在听到这个消息时,惊讶地说:"天啊,好羡慕你能活得这么潇洒,但这样是不是辜负了你父母的一番苦心?"

当时我就很困惑:我转专业,怎么就辜负了父母的苦心呢?

后来,我大抵明白了朋友的逻辑,因为我转专业,就意味着浪费了之前所学习的法律知识、浪费了几年以来积攒的工作经验,也就放弃了在这个行业竞职的机会,离父母期望的"成功"越来越远了。

但我想问,父母难道不希望我们活得更快乐、活得更有滋有味吗?如果我牺牲了自己的快乐,放弃了对梦想的追逐,仅仅是为了迎合父母的希望,那么我是不是活成了一个只听指令、毫无个人情感的木偶?

努力、坚持,重要的是你要明白,你的人生只有自己能负责。我们总说一个人要先学会爱自己,才能够把爱的

资源给予别人，不辜负别人。同样，我们要学会对自己负责，才有能力去帮助别人过得更好，因为有时候成长比成功更重要。

如此，一个人读懂了自己，也就读懂了整个世界。

成功只是人生中的一段辉煌，而成长却是整个人生。懂得如何跟这个世界友好地相处，活成自己想要的模样，这才是一个人真正的成功。

不要把别人的人生与渴望扛在自己肩上，要勇敢地做真实的自己。因为，只有你不会辜负自己，不会辜负那些你爱的或爱你的人。

3

"如果你真的长大了，就会懂得什么是爱。"这是61岁的老父亲送给儿子韩军的一句话。

韩军读的是大专，毕业后，他在长沙一所本科学校当过实习指导老师，指导学生做项目。但是，这个时代的生活节奏太快了，让韩军成长得太着急了——帅气、一副好口才，到哪里都是一副咄咄逼人的模样，他太渴望被人认

第二章
不要给自己设限，你的潜力远大于当下

可了。

有一次，领导安排韩军和其他几个新来的实习生一起去西街做市场调研。别人都在寒风中不辞辛苦地奔走，受人白眼但仍带着笑容向行人问候："您好！能占用您一分钟的时间帮我们做个市场调研吗？"

可韩军却耍起小聪明，找了个没人的地方，模仿着各种笔迹自己填写资料。下达任务的时候，他是叫苦叫得最凶的一个，可他的那份市场调研报告却是第一个交上去的。调研的路线图、照片、数据分析、各种曲线图，也都做得有声有色。

结果很显然，其他同事都受到了批评，韩军受到了表扬。实习期刚过，各个部门都抢着要他，最终他"花落"市场部。

可让人大跌眼镜的是，一年未到，韩军辞职了。因为，他四处受到排挤，无法生存。

失业后，韩军三个月内都没找到工作，最困难的时候靠吃方便面度日。在他失业的那些日子里，父亲来成都看他，走的时候给他留下了一封信。

"脚下的路，你可以走得曲折坎坷，但一定要走下去，因为只有走下去，你才能看到希望。"老人的这句话让韩军彻底醒悟，人活着就要有希望、就要脚踏实地地努力，那样才会使人生翻盘。

后来，韩军和朋友发现了绿色草坪的商机。家居实用型，以及现在各大学校都增强了对学生的体质训练，绿色草坪成了各大城市抢购的热门。没有钱设立专柜、没有钱去做宣传，他开始与同事带着样品一家家登门推销，可他听到最多的是拒绝的声音。

尽管韩军拍胸脯保证货源和质量靠得住，但是没有多少人相信他。一个陌生人，可信度能有多高呢？

就在他一筹莫展的时候，他突然有了一个大胆的想法，他决定给10所学校免费更换足球场地，换上他们研发的绿色草坪，让对方真实感受到他们产品的优势。当他把这一想法提出来的时候，很多人不理解，说有多少钱也不够赔的。可他只是笑笑。

"先赔钱后赚钱，先公益后受益。赢得了好口碑，这些用户就会帮我们免费做宣传，到时候还怕没生意吗？"

付出终有回报，这一次韩军翻盘了，赢得了人生的第一桶金。

4

每个人都有自己的人生使命和责任，没人能够代替我们过好自己的人生。同样，我们也无法代替任何人去过好他们的人生。

当我们抱怨工作不顺心，却不愿做出任何努力和改变时；当我们觉得伴侣不够温柔，自己却提高嗓门来斥责对方时，我们都没有为自己的人生和行为负责。

当你因为不成功而生气、抱怨、哭诉的时候，会发现自己忽略了很多人生中更美好的东西，所以我们要学会去生活，更好地成长。

如何让自己成长为一个被人喜欢又敬仰的人呢？

这绝不是小时候父亲种植了一棵小树苗，然后你看见树苗因为外界环境长歪了，而去用一根布条去牵引它那样简单。你的人生是自己的，如果你能成长为自己想要的模样，这种能力的获取与提升，才是你人生最大的成功，也是获取人生高度的格局。

很多公司在招聘中都发现了一种现象，越是初出茅庐

的大学生，自尊心越是强烈。虽然表面上看起来他们对你毕恭毕敬，一副很听话的样子，实际做起事来便可见分晓——公司通常在新入职的员工不了解公司业务的时候，都会安排他们独自一个人进行街边手递手推广业务。这项看似普通又简单的工作，却足以看出一个人的职业心态。

一个能够放下自尊去做事情的人，看的是目标和结果。然而，过分强调自尊的人在做事情的时候，总是希望有人陪自己做同样的工作，那样会让他觉得不会那么难堪。

对于那些还停留在一穷二白的阶段，却又无比渴望成功的人而言，被过度强调的自尊无疑是前进路上最大的绊脚石。

所以，在快节奏生活的今天，一个人学会如何成长，如何与这个世界相处，比让他快速成功来得更现实、更真切。

5

那么，如何成长才是人生最美的姿态呢？

1. 多努力

第二章
不要给自己设限，你的潜力远大于当下

这个时代不仅看脸，还看真本事。经历是人生一种很好的财富，因为让自己变得有价值，才会遇到更多的贵人。

多学习、多锻炼、多经历，学会享受学习的乐趣。

学习贵在坚持和积累，请抓住一切机会去充实自己、锻炼自己，努力得到能力的提升。因为，越努力越幸运，成长离不开一次次的努力、离不开坚持不懈的追求以及持之以恒的精神。

2. 学会思考

一个成熟的人，他的思考肯定不是单一的。遇到事，他会想出许多有效的办法，然后综合分析，从中选择代价小的付出。同时，在一件事情的处理上他会做前期的预计、过程的分析、结果的影响，一切仿佛都在他的预料之中，给人一种安全感。

就像竹子之所以能长那么高，就是因为它每生长一段就做一个节点，才得以不断地成长。世间没有到不了的地方，只要学会思考与总结，总有一条路是适合你的，并且能获得成功。

3. 学会说话

一个成熟的人，说话是很重要的一个表现。

他们多做少说,通常都是在事情完成后再说,或是事情已经做了才会去说。这样会体现一个人的成熟稳重,给我们的感觉就是说到做到。

6

此刻,我所理解的生活就是努力变得更好,有能力去拥抱自己喜欢的一切。女神可可·香奈儿曾说:"我的生活不曾取悦我,所以我创造了自己的生活。"

当你开始按照自己的核心价值观去生活、当你开始做自己真正热爱的事情、当你充分地表现自己的全部天赋和才华的时候,这就是最真实的你。你开始对自己的人生负责,那是一种精彩而又充实的生活方式。

其实,我们的责任不是改变世界,而是改变自己。通过各种手段将自己打造成一个丰满的、有温情的、活生生的人物——不单单是成功,努力成为"别人家的孩子"是自己最好的体现。

我就是我,是颜色不一样的烟火。

一段好的成长比成功更贴近我们的人生。当你坚定不移地去追求自己的梦想，遇到挫折还越挫越勇时，你就会发现，人生还能活得这么真实。

一个人的希望越大，他遭遇失败的机会也许就越多，就跟一个人走的路越长，踢到的石子就会越多一样。但是，我们都还年轻，怕什么！

亲爱的你，从此刻开始选择有生命力的活法，选择为自己的人生负责，你愿意吗？

愿意！

◇ 你和牛人之间的差距，在于读书

1

"孩子，我要求你用功读书，不是因为我要你跟别人比成绩，而是因为我希望你将来会拥有选择的权利，选择有意义、有时间的工作，而不是被迫谋生。当你的工作在你心中有意义，你就有成就感。当你的工作给你时间，不剥夺你的生活，你就有尊严。成就感和尊严，会带给你快乐。"

前不久，我在书中读到了龙应台曾写给儿子的这段话，深有感触。这也许就是教育和学习的全部意义。

很多人觉得，命运绝大多数是上天决定的，那是因为你无权选择你的出身，你的出身就使得命运注定你会与众不同。但这也不是绝对的，也有很多人就是通过后期努力改变了自己的人生。

据有关资料不完全统计：2%的人完全改变了自己的命运，28%的人能改变自己的命运，70%的人不能改变自己的命运。

这世界公平吗？

这只有你心里明白：你过得好，它就公平；你过得不好，它就不公平。平静的水面够平了吧？可它是弧形的，因为它只是地球这个大圆球上极小的一片球面，所以说，世界上没有绝对的公平。

虽然你无权决定自己的出身，但你有权决定自己的人生。你能过得很失败，也能过得很成功；你能过得很痛苦，

第二章
不要给自己设限，你的潜力远大于当下

当然也能过得很快乐。

这一切全在你的一念之间，但是读书却能决定你未来的人生格局，让你的人生更有厚度，路走得更远、更坦荡，生活更快乐、更充实、更富足。

2

鲁迅先生从小就爱学习。年轻时，在江南水师学堂读书，第一学期成绩优异，学校奖给他一枚金质奖章。他立即拿到南京鼓楼街头卖掉，然后买了几本书，又买了一串红辣椒。每当晚上寒冷时，夜读难耐，他便摘下一个辣椒放在嘴里嚼着，直辣得额头冒汗。他就用这种办法坚持读书，后来终于成为我国著名的文豪。

说到青芒，她有着一副天生难自弃的面容，可偏偏漂亮的她还很聪明，很多事情在她手里都能处理得很好。身边的朋友偶尔聊起她的时候，大家都喜欢说她真漂亮，漂亮真是美好人生通行路上的许可证，难怪她做一切都会那么顺利。

每次听到这样的话，我只会在旁边笑笑。小时候，我

和青芒在一个胡同里长大，熟络以后，经常会分享一下读书的感悟，讨论一下爱情观或者生活观。因为真正了解，所以我知道她其实是一个很努力、很拼的美女。

现在，大街小巷里的脸庞长得都差不多，但是一开口你就会知道个体的差别在哪里。读过书的人真的不一样，书本是一个人的精神食粮，"腹有诗书气自华"也从来不是一句空话。

许多人都喜欢读书，青芒也一样，书带给了她许多乐趣，也让她懂得了许多道理。在她的眼里，书就是大海，而自己就是小鱼，会在大海中自由自在地遨游。

在她很小的时候，母亲便开始引导她读书。

在还不识字的时候，她看书只能看图片；后来上学学了拼音，就看有注音的书了；再后来，认识的字越来越多，她看的书也越来越多，一遍一遍地读，一遍遍地看，从小学到大学，从不间断。

在大家都在拼命准备高考时，她已经会在空闲时间看心理学、人际关系和时尚方面的书，她还会把那些觉得好的理论、句子记录下来。

在我们进入大学，大家都顾着玩的时候，青芒就已经

第 二 章
不要给自己设限，你的潜力远大于当下

加入了校广播台。她每天在广播台与大家一起分享阅读，在尝试着写播音稿时她学到了很多知识，也结交了很多好朋友。

就这样，青芒并没有停下脚步，还在继续钻研学问，并且将她学到的感悟应用到生活中，包括学生会的工作中。因为努力，她成了学生会里最出色的领导之一，人缘也很好。

"我可能还没准备好。"在一次投票选举学生会主席时，她以最多票数当选了。

当时我就回了她一句："这是你努力得来的幸运。"

她的能力出众，很快她就成了学生的实习辅导员。

前段时间青芒跟我说，校方称她如果想留下，毕业后可在学校当辅导员。但是她打算考研，因为她想去学习更系统的知识。

有人问她："开卷有益吗？读书给你的工作和生活带来了哪些帮助？"

青芒笑笑，说："我认为开卷对少儿来说益处不是很大，可对成人来说很有益。读书使我能找到理想的工作，并能把工作做得更好。"

这话说得简单而又淳朴，并不是因为天赋差一点才努力，而是因为努力才更光鲜。而青芒的光鲜更是因为知识在她身上大放异彩——爱读书的女人，不管走到哪里都是一道美丽的风景。

我们第一眼看到的，总是别人光鲜的一面，当听到别人说"我只是比较幸运"后，竟然也真的相信了，认为别人只是运气好，真相却永远被我们的"不愿相信"掩盖，活在谎言里。

事实上，生活会告诉你，努力的人才更幸运。

3

为什么要读书？

目光到达不了的地方，文字可以。而这句话更是经典：你的不快乐，就是书读得太少而又想得太多。

这是病，得治！

读万卷书，行万里路，你经历过的所有人或事都会影响或构建你的人生格局。而不读书的人，看到的只是别人画给他看的美好世界。读了书之后，你就扩大了视野，认识了美好和丑陋。也只有读了更多的书之后，你才能站在巨人的肩上，看到希望和光明。

冰心也曾写过这样一句话："读书好，多读书，读好书。"是啊！多读书，你会感受到无穷的乐趣，使我们受益匪浅，令我们的思想重生。

那我们就来细说一下读书的作用与意义。

1. 爱读书的人，看世界觉得天高地阔

爱读书能让你拥有更广阔的视野，看见更大的世界。它能增长知识、培养良好的自学能力和阅读能力，提高我们的认知水平，让我们的生活更精致。

"不出去看看，你就会以为这就是全世界。"精致的女人始终保持着对外界的好奇心，不允许自己停留在原地——读万卷书，看更美的世界。

2. 读书，让你拥有更多的选择权

读书不一定能大富大贵，却能够让你拥有更多选择的机会。

作为学生，如果此时你不努力读书，在未来的某一天，你只能去选择自己能就读的学校，而不是学校选择你。很多学校、企业都会提前招生，这点大家都应该明白。如果

你不喜欢读书，就会让自己处于被动地位，也就失去了人生的掌控权。

3.读书，充实自己，能交到很多朋友

物以类聚！

提高读书质量，知识的摄入、智商的提升，能让你交上一群高尚的朋友，拥有更好的生活。在书籍的海洋中游弋，结识更多高雅、有趣味的人并与之成为朋友，通常在不经意的瞬间就会提高人生的高度、拓宽生命的宽度，获得人生的充实，寻找到生命的价值。

只有不断地认识那些能够改变或帮助你的人，你才能构建有用的人脉资源库，即使哪天你离开了公司，这种人脉资源还是会继续发挥作用，成为你无形的资产和财富。

4.读书如美容，美化你的容貌，改变你的气质

想做一个有气质、有素养的女人，有一点很重要，那就是多读书。读书不仅能充实你的内涵、丰富你的语言能力，还能舒缓压力，让你的内心得到知识的慰藉。

气质是装扮不出来的，即使貌若天仙，用物质涂抹起来的脸面终归是浅薄的，再好看也不会长久。相反，只要你喜欢读书，充满书卷气，即使穿戴朴素依然会显得那么

高雅,满是风韵。

虽然读书不能延长生命的长度,但是一定会拓展生命的宽度。因为,为了生存,无论在工作中还是日常生活中,你都承受很大的压力。但当你沉浸于一个好的故事中时,所有的压力就会消失不见。

所以,读一本好书除了能让你放松之外,书的内容也能给你的内心带来无尽的平静。

4

爱读书的人,无论在什么时候都会有自己的思考和见地,不会一味地迎合抑或沉沦,从而失去立场、失去自己。这样的人,我们都喜欢称之为"有文化"的人,他们再平凡如叶,仍能创造出一片属于自己的生活乐园。

什么是"有文化"?

文化就是植根于内心的一种修养,以约束为前提的自由、以为别人着想的善良。读书不一定会让你有文化,但有文化的人一定都热爱读书,因为读书是思想必需的营养,也是思想无穷的源泉,它能变换骨相,成就大格局。

有人会问，女孩子为什么要读书？最终还不是要回到一座平凡的城，嫁做人妇、洗衣做饭、相夫教子，折腾有何意义？

杨澜说："我想，我们的坚持是为了，就算最终跌入烦琐的生活，洗尽铅华，同样的工作，却有不一样的心境；同样的家庭，却有不一样的情调；同样的后代，却有不一样的素养。"

是啊，我常常觉得人生是一场修行，我们所走的每一步、所吃过的每一份苦，最终都会照亮前方的路。读万卷书，才能行万里路——在岁月的大浪淘沙下，读书带给了我们内心的富足，以及更广阔的前方。

那些曾经走过的路，以及看过的书，最终成了我们让人仰慕的气场。

当你爱上读书，你便会发现整个世界都在偷偷地爱着你。因为，你总会在书的世界里，遇见那个最值得爱的、最美的自己。

第二章
不要给自己设限，你的潜力远大于当下

◇ 混日子的人凭什么羡慕高工资

1

现实中，大部分人都是为自己找借口的专家，会将错误的行为合理化：抱怨父母没留给自己丰厚的物质遗产、抱怨老板太吝啬、抱怨伴侣没有体贴的呵护、抱怨各种不幸的遭遇。可每次看到别人很牛的时候，又觉得自己弱爆了，内心会滋生很多的复杂情绪。

感觉自己在某件事上明明尽了力、尽了心，结果却总是事与愿违。明明属于自己的却转瞬间物是人非，让人欲哭无泪。总觉得世界亏欠了自己，但亏欠了就亏欠了，你拿什么与这个世界叫板？你高考的志愿是父母帮选的，你大学里的课程也是父母帮你挑选的，你凭什么能过上自己想要的生活？

或许你该问问自己，你究竟要怎样走好每一步，而不仅仅是下一步。人生漫长，你要把握好自己的命运，善待自己、善待身边的一切。我想，你现在需要的是鼓励并非答案，只要你坚持，时间会给你所有的答案。

其实，生活不需要太多解释、太多纠缠以及太多不舍，脚踏实地，定能踏出只属于你的最美的一片天空。

2

"志当存高远，人要有远大的理想和抱负。"这是马志强对身边的人常说的一句话。

马志强与饲料行业打了一辈子交道，谈到理想，他认为一个人一定要脚踏实地，过好当下，切勿好高骛远。如果是这山望着那山高，说不定哪天一不小心踏空了脚，那会死得很难看。

马志强高中毕业后就去服兵役了，从事的是无线通信和文书工作。部队生活磨炼了他坚强的品质，做什么事他都不怕吃苦。

从部队转业后，马志强到了地方的粮食局工作，这一干就是 10 年，在那里他学到了很多饲料用粮的知识。

为了改善家庭生活状况，他在家里养了 200 只产蛋的鸭。由于饲料太贵了，他就用自己配制的饲料喂养。养产蛋鸭给他带来了一笔丰厚的收入，也让他对饲料有了更深入的认识与研究。

后来，马志强下海开了一家公司，从事畜禽类加工饲料的开发、生产、销售一体化服务，并全力满足县镇附近养殖的需要。

前不久，公司采用国内先进的生产设备，生产工艺完全自动化了。此外，根据市场以及公司发展的需求，马志强与很多公司建立了良好的合作关系，他运用手中的技术，不断更新与调节来满足不同客户的需求。

对于经营企业，马志强认为公司需要人性化管理，在培养人才中要投入情感。

他从不居高临下，在他的眼里，只有大家齐心协力才能使企业有所发展。平时，他对待员工很宽容，员工出现了错误会一起想办法解决。他觉得，任何人都会犯错，不管是谁都有犯错的经历。

谈到公司的未来，马志强坦言，未来肯定不会太差：

"我只想把公司做成行业中的大品牌,不求大,只求专,这是我做事的态度。我不喜欢讲那些很虚幻的目标,我只想做好当下,今天我能做到什么程度,我就一定要做到什么程度。"

踏踏实实,一步一个脚印,不管别人怎么说、怎么做,马志强的生产理念从未改变。

"无论手头的事多么不起眼、多么烦琐,只要认认真真地去做,就一定能逐渐靠近你的理想。成功不是哪个人的专利,努力了,坚持了,你也能成功。"

这就是马志强,一个淳朴而又耿直的男人。

一个人知道自己向何处去很重要,知道自己与目标的距离远近也很重要,但他必须更清楚的是,天上不会掉馅饼。如果想吃到新鲜可口的"馅饼",就必须从现实中开始努力,然后一步一步朝着"馅饼"迈进。

3

人要志存高远,更要脚踏实地。那么,如何才能将内心世界修炼到如此境界呢?

第二章
不要给自己设限，你的潜力远大于当下

1. 树立正确的价值观，加强自身修养

价值观决定了你看事物的角度。换句话说，内心世界是怎样的，看到的世界就是怎样的。有了强大的、不受侵蚀的意志力和自信心，才能够面对各种诱惑，坚持做最好、最真的自己。

2. 俯身学习，抬眼看未来

人的低俗很多都源于无知，不懂装懂，总是像饭桶。若要丰富内心、开拓眼界，看到更好的世界，那就要坚持不断地学习。

3. 踏实做事，诚恳做人

踏实，不是墨守成规，而是能够刻苦钻研、勇于挑战、实事求是，一步一个脚印地在工作中做出业绩。

这不是一个看脸的社会，你想拥有更多的话语权，只能靠实力。

4

混日子的人，你凭什么羡慕别人的高工资？

这是一个竞争残酷的世界，如果你总是浮躁，这山望

着那山高，倘若再不转变观念，脚踏实地地做好现在的工作，那我能预见你的未来——只有井口那么大的格局，拿着可怜的工资，过着苦哈哈的生活。

无论你是才高八斗，还是目不识丁，如果没有找到自己的位置，不切实际，好高骛远，一切都会徒劳无益。

因此，做事不能好高骛远，不要随口就来"先挣它一个亿再说"。一个人要先确定一个"跳一跳，够得着"的目标，实现这个目标后，再向下一个更高的目标攀登。

这好比练长跑，即使你一天跑下两万五千里，也不可能在一天内就把速度提升一倍——只有每天练、每天多跑100米，在一段时间后才能有成效。

俗话说，一口吃不成个胖子。慢慢来，一切都会好起来。

你信不？不信就来试试！

◇ 学会自省，在反思中走向成功

1

　　反省是一面镜子，它能帮你找出自己的不足，就好像是好友鼓励自己的一句话，鼓舞你不断前进。

　　浪漫与天真只属于童话，生活本身就是一面镜子，如果你对生活懒惰，生活回报给你的就是苟且。你若对生活有追求，生活回报你的就是快乐，一地的繁花似锦。

　　你的人生你做主，对人生拥有绝对掌控权，才能更好地诠释个人的责任与使命，这才是你人生最美的姿态——我们不为任何人而活，只为自己。

　　或许你会说，我努力了、我坚持了，怎么没成功呢？

　　那只能说明你还不够努力、还不够坚持。你要学会自省，好好地想一想——既然谁都可能失败，为什么偏偏会

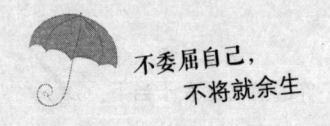

是你？既然一定有人能成功，那为什么不能是你？

多问几个为什么，很多问题便会迎刃而解。

美国教育家杜威说："反思是对任何信念或假定的知识形式，根据支持它的基础积极思考。"

打个比方，你当保安没有挣到钱，当了一年后你接着又当了一年，你就是一个笨蛋。

你知道当保安挣不了太多的钱，就应该想办法去改变。比如，通过努力当个保安队长，或者换一份工作；你在三线城市当服务员月薪只有1000元，但你到上海做服务员月薪就是4000元，还包吃包住。

这就是反思能力。

很多人一辈子都没什么作为，因为他们从来没想过如何改变自己的人生。自省修身，奠定人生大格局，因此，学会做人要先学会反思，这样，才能成长得更快，走向我们想要的成功。

2

我想起了隔壁的三叔，其实他只是辈分比我大，今年

第二章
不要给自己设限，你的潜力远大于当下

才 28 岁，不过他的沉稳并不是一般年轻人所能及的。

三叔只有大专学历，他送过快递、做过服务员、当过保安、在工厂里干过活，跟所有为梦想去奋斗的年轻人一样，有着创业梦，想要实现自己的人生价值。

他不怕吃苦，可在这个世界里，不是不怕吃苦就能改善生活的。

那些经历让他开始意识到，一个人想要活出名堂来，就必须找一份有技术性、发展性的工作——越是简单、没有技术含量的工作，越是不能长久。

经过一段时间对信息的了解后，三叔最终选择了 IT 行业。有句话说：北京的财务，上海的 IT。

"至少你要了解编程是怎么回事吧？"朋友这样劝他，"不是人人都能去做这个行业的。"

说实话，现在 IT 行业竞争太强，所以，你必须有某一优势才能跟别人竞争。

三叔坚持的结果是，他选择了软件测试这份职业，对于未来的计划，他并没有太大的抱负。他告诉朋友，打算先用两年时间去学习经验，等经验充足了，会考中级测试工程师、高级测试工程师；如果在上海能碰到一家好

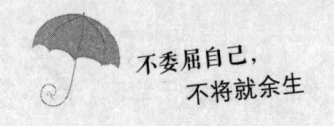

公司，他会选择长期工作下去，以获得晋升的机会。

后来，三叔如愿考下了中级测试工程师资格证，被一家民营公司录用了。

由于三叔态度端正、虚心好学、工作效率高，领导很欣赏他。经过一年的磨炼，他掌握了全部的工作要领，很快他就被提拔为测试组组长了。

如果你经常反省自己，看到的不是成绩而是不足，也许遇到的问题就不是问题了。当我们抬头前进的时候，更要时时低头审视自己，不断地反省自己，加强自我修养，提升个人境界。

一个人之所以能够不断地进步，在于他能自我反省，找到自己的缺点或者做得不好的地方，并加以改正，以追求完美的态度去做事。

3

众所周知，英国著名小说家狄更斯对自己有一个规定：没有认真检查过的内容绝不发表。每天，他都会把写好的内容读给家人听，然后发现问题并改正，之后才会发表。

第二章
不要给自己设限，你的潜力远大于当下

如果你希望得到他人真诚的反馈意见，就要学会倾听，也要在听取他人的正确意见后，用积极的、切实的行动改正自己的错误。否则，如果只会表面承诺而不认真反思和悔改，以后还有谁会愿意花力气指出你的缺点和错误呢？

那么，该如何学会自省，超越自我呢？

1.接受批评

在出现错误的时候，要学会接受批评，切勿"避而远之"或干脆"拒之门外"。人无完人，就是圣人也会犯错误，所以犯错误并没什么可怕的，而是要能够勇敢面对。这是一种积极的生活姿态，能够帮你塑造完整的人格。

2.反省自己，超越自我

学会在失败中吸取教训、从他人的成功中总结经验，是我们走向成熟、获得成功的根本途径。学会总结经验，就会减少不必要的损耗，少走很多弯路。

其实，无论成功或失败，我们都需要明白成败的原因在哪里。通过找出问题的根源，做到精益求精，就能提升成功的概率。

3.时时自知，培养自省的习惯

古语云："人贵有自知之明。"自知之明不仅是一种

高尚的品德,更是一种高深的智慧。因此,我们在培养自省习惯的时候,更要时时自知,正确评价自己,看到自己的优势和短处。

4

学会自省是一种善待自己的美好方式,自省修身、涤荡心灵、净化思想,人格得以提升。可很多人却总为自己找借口,喜欢将失败的原因都归到客观条件上。比如,你一直没有为公司的发展提出合理的方案,你会解释说是自己资历太浅;如果没能按进度完成任务,你会说自己经验不足。

当我们把责任推到别人身上或推给客观条件时,有没有扪心自问:我尽力了吗?

自省是检阅自己、重新认识自己的机会,更是提升自己的机会。三毛也曾说:"一个肯于虚心吸收观察一切、经常反省、审察自己缺点和优点的人,在求智慧上,就比那些不懂得自省和观察的人来得快速多了。"

人非圣贤,孰能无过?而只有通过不断地反省自己,才能重视自我修养、不断充实自己、培养健全向上的人格、拥有不一样的人生高度。

古人云:"君子之过也,如日月之食焉。过也,人皆见之;更也,人皆仰之。"现在我将这句话送给你。

◇ 职业靠规划,不靠"鬼话"

1

20岁以前,大多数人的生活都是相同的——读书升学,积累基础知识。

所以,在你尚未进入职场前,请好好学习,学历对你而言相当重要。

然而时间宝贵,绝不容许你再走弯路、错路。你要懂得掌握与规划自己的未来,这注定是一条无悔的不归路,因为你想要重塑自己,构建自己的完美人生。

职业规划，用企业的说法就是企业战略。好战略就需要好战术，更重要的是，根据环境的变化，你还得随时调整自己的战略。

人生的追求是什么？

自由！

当然，这里说的自由不是随心所欲。倘若你做好了职业规划，随心所欲就不是梦想。

前辈们苦口婆心地劝告或许你听不进去，但当你亲身经历过后，就会发现职业规划真不是一本书，而是引导你一步步攀上顶峰的"导师"。

有的人认为，这个社会可以拼爹、拼颜值。比如，嫁一个好老公，这辈子就可以衣食无忧，做个快乐的小公主。

但是，如果我们没有一个有钱的老爹、没有好看的外表，那怎么办？我们也要吃饭啊。

所以，我们要学会规划自己的人生。

若相信他们的话，只会让我们的人生陷入窘境。

2

秋丽经常到美甲店做美甲,平均一个月去两次,一次消费200元。时间长了,她觉得去美甲店做美甲很不划算,就花1200元报了一个美甲班。

学会以后,秋丽经常给闺密做美甲。闺密建议她,既然学会了技术,为什么不自己开一家美甲店呢?

秋丽认真考虑了一下,辞去了现在的工作,在大学城附近开了一家美甲店。由于她手艺好、价格公道,不少客人都来她的店里做美甲。

梦很美,路很长,只要开始做了,永远都不会晚。

事实上,一次好的职业规划能提高求职速度,降低求职成本。因为,有了非常明确的职业目标,你就不用去漫天撒网,能加快求职速度——任何一次求职经历,都会花去你很多包括时间、精力、财力等方面的机会成本。

处于不同职业生涯发展阶段的人,所面对的环境要求不同,自身素质的积累也不同,因此,个人的职业生涯规划,应根据其规划时的特定现状而进行。

而很多年轻人,特别是大学生正处于学习、准备就业的阶段,如果对将来的职业有着很好的规划,我敢断定,结果一定不会太差。

你可以选择在温室里成长,也可以选择在野外生存;可以选择在办公室舒服一点的工作,也可以选择条件差但待遇高的工作。但是不管怎样,这一切最终都会沉淀下来,引领你走向更好的人生。

合理的规划,会让一切都变得理所当然。

3

那么,我们该如何对职业进行规划呢?

1. 分析自己的需求

对自身的特点、所处环境以及在生活中所扮演的角色进行分析,告诉自己切实的需求是什么。所谓知己知彼,百战不殆,只有正确地认识自己、了解自己,才能制订适合自己的规划,并为之努力。

2. 人生的终极目标

终极目标有可能是一个具体的职业形象,也有可能是一个积极向上的生活状态。根据你的需求、优势、外在环境，可以勾画出自己的目标，只要这个目标存在实现的可能性，那就是一个好目标。

比如，小时候我们都希望自己"成为一名科学家""成为一名医生"。其实，长大后我们不一定就会成为科学家、医生，但是有了目标，我们的人生就有了方向，并且会沿着这个方向一步步努力走向前。

如此，也许我们不能取得成功，但人生绝对不会跑偏！

3. 为了实现目标，要学会充实和壮大自己

假如在行动中遇到了阻碍，肯定是我们自身某一方面的缺失，比如素质方面、知识方面，也可能是能力、行为习惯方面的不足。当我们发现不足的时候，要立即下决心改正它，并让它成为自己进步的动力。

4. 抓住机遇，勇敢选择

每当机会来临的时候，要做出正确的选择。基于自身内外部条件做出理性判断，不要人云亦云，要有自己的想法与观点，要知道自己内心真正想要的是什么。

4

既然是规划,那就要明确,还要有期限。这样你就会发现,为了促使规划提前完成,你可能需要掌握某些新技能。当你意识到这一点时,就会发现学习的重要性,并及时给自己充电。

职业靠规划,从不靠"鬼话",倘若你真相信了那些"鬼话",那你的人生只能一团糟。

而且,事实证明,没有职业目标和规划,你的人生就相当于没有方向感——方向错了,再多的努力都白搭。

虽然制订一份精准的职业规划是不太现实的事情,而且现实中往往是计划赶不上变化。但是,职业规划却能时刻提醒你已经取得了哪些成绩,这会让你的整个求职生涯变得通畅。如果盲目地听从外界的"鬼话",反而会让自己失去很多就职或升职的机会。

这样的"鬼话",你能信吗?

第二章
不要给自己设限，你的潜力远大于当下

◇ 学会取经，追随精英的成长之路

1

为什么你的世界拥堵不堪，而别人的世界却井井有条呢？

因为，你的内存只剩下10%，而别人的内存还有80%。可惜生命不像手机，即使内存快满了，也不会提示你该清理了。

什么时候应该做什么，什么时候说"不"？怎样才能节省时间少走弯路，提高效率？那你就要学会问为什么，多去取经，去借鉴别人的经验。因为你对自己未必了解，所以才要问，勤问。

学会取经最重要的作用，就是它能让你少走弯路，避免不必要的时间与资源的浪费。大家都应该明白时间、资

源的宝贵，我不说你们也会懂。

比如，你去一座陌生的城市，就要先了解路线，谁也不是一生下来就对一座城市了如指掌的。了解路线后，我们就不会走冤枉路，就能快速到达目的地。

再如，你在购买基金的时候，如果了解了行情就不会盲目地购买，从而会赚取更多的利润。在工作中，我们也要学会去问，否则工作出错了自己都不知道。

问了就能解决问题，这就是重点。

学会不懂就问，这不仅仅能增长你的学识，还能让你的人生变得更加美好。但有一点你要明白，请教的时候要懂得如何问，因为别人的时间也很宝贵。

2

"不懂就问，这没什么，不丢人。"

这是天宇在一次演讲中与台下的大学生所分享的心得。一个人不能只活在自己的世界里，需要走出去看看外面的世界，探究那些精英的成长路，然后问问自己，为什么成功的不是自己？

第二章
不要给自己设限，你的潜力远大于当下

那天，一个朋友介绍天宇去电视台当实习生。天宇学的是电影专业，跟电视台的工作搭不上边，但又无法拒绝朋友的好意。

天宇第一次踏进电视台时，心情很复杂，激动中又夹杂着些担忧。但他想得很清楚，不管台里安排自己做什么，他都会很乐意去做，因为自己是来学习的。

上午熟悉单位文化，下午被安排到阳光栏目做编辑和播音工作。到了编辑室，李主任向他介绍了一些栏目组的工作人员和工作程序及内容，之后，就是他一个人的播音生活了。

此时，当地正在大搞旅游特色，将生态旅游与文化旅游有机地结合起来，大力挖掘旅游文化资源，树立独具特色的地方旅游标杆。为此，上级经常有人来考察，并指导旅游产业开发及市政建设工作。

在考察期间，天宇是随同记者，他认真听从台里领导的安排，精心记录采访要点并做好摄影等工作。其间有很多不懂的地方，他总是虚心地请教一起随行的李主任，并亲切地称对方为老李。毕竟老李是台里的前辈，懂得多，实践经验比较丰富。

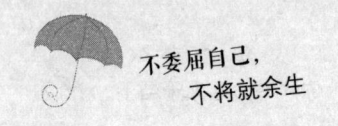

考察回来后,在老李的指点下,天宇认真地将自己的新闻素材加以整理编辑。

第二天,领导安排天宇主持一期谈话类节目。第一次坐在电视台的演播厅,他非常紧张,不停地问自己,怎么办啊,会不会因为自己是新人而导致节目没人看?会不会没有明星助阵就没人关注?

在演播厅后台化妆的时候,老李拍了拍天宇的肩膀,示意他不要太紧张。还跟他讲了一些专业知识,说谈话类节目由两个方面构成,就是讲话和倾听。对于主持人来说,倾听是其从嘉宾及现场观众处接收信息。在主持的时候,如果出现卡壳的情况,要学会将问题艺术性地抛出去,因为与观众产生互动也能带动气氛。

天宇第一次主持节目就非常成功,并且受到了电视台领导的好评。

在以后的日子里,天宇没事就喜欢到老李那里问长问短,不管是工作还是生活中,遇到小问题都喜欢向他请教。

天宇勤快又诚恳,老李很喜欢他,经常毫无保留地指点他。他告诉天宇,电视作为视听合一的大众传播工具,最适合面对面的人际交流,而主持人是整个谈话现场的灵

第 二 章
不要给自己设限，你的潜力远大于当下

魂，所以一名合格的谈话节目主持人至少要具备两项素质：第一，要善于营造一个轻松自然的谈话氛围；第二，要学会倾听。

由于老李经常毫无保留给天宇传授经验，没过多久，经电视台领导批准，以及适应旅游产业的需要，天宇先后主持了四期谈话类栏目。在不同程度上，这对他的专业知识以及实习经验的提高起了很大的作用。

3

取经是为了少走弯路，遇到不懂的问题，我们要主动谦虚地向身边的前辈请教。也只有主动去问，才能学到更多的经验。

再者，既然是取经、是请教，你就要学会放下姿态，放下你那高贵的天鹅颈。因为，前辈的经验和职场价值也是他们自己一点一滴积累下来的，这其中定是付出了很多精力和时间的。他们没有义务教你，你想学到经验，就要学会请教，学会取长补短。

另外，我们还需要做到以下几点才能有所得，跟随精

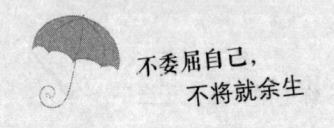

英们的成长路,走出一条属于自己的人生之路。

1. 要有好的心态,虚心与耐心

能被称为前辈,在于他们有价值。他们有着丰富的工作经验,积累了很多资源,在各个领域能做得得心应手,更能胜任不同的工作。

让前辈放弃休息的时间,拿出自己的时间和经验去教你,并且没有额外的报酬,所以说话的时候难免会苛刻、啰嗦。毕竟我们是希望从他们身上学到知识,所以在请教的时候一定要虚心,更要有耐心。

2. 要学会尊重人,更好获取前辈的信任

公司是个不怎么讲情面的地方,大家都是各司其职,"教会徒弟,饿死师父"这样的事一点也不少见。人家跟你没有半点关系,凭什么要对你好?

有的人自恃学历高,姿态就有些高,这样,前辈们反而不愿意教你。所以,如果你想从别人身上学到经验,就必须学会尊重人,让对方感受到你的诚恳。

3. 取其精华,去其糟粕

人无完人,但任何一个优秀的人都有其成功的秘诀,关键在于你是不是懂得挖掘。不要盲目跟风,而要根据自身所需去其糟粕，取其精华，这样才能让你获益。

4

取经是为了少走弯路，但我们也不能因为怕走弯路而选择停滞、不动脑筋，去等着别人将答案告诉自己。前辈们虽然愿意将经验传授给你，但他们更想看到你勇于担当的做事风格。

所以，不管怎样，你都需要勇敢地表达出自己真实的想法，尤其是一些新思想和新观念，即便你的想法还不成熟也要表达出来。因为，做不做是态度问题，做得好与坏是技能问题，而前辈们更喜欢一个爱学习、想进步的人。

这个世界的好位置永远就那么几个，你不去用力争取，那就只能带着羡慕嫉妒恨的眼神坐视他人捞走每一块肥肉，甚至连汤也不会给你留一口。

小时候，我的母亲总喜欢说别人家的孩子怎样怎样，比如懂事、成绩又好。

其实，母亲是想用他们的故事来激励我，滋养我幼小的心灵，让我成为同样优秀的人，并不是希望将我复制成他们，而是希望我能从他们身上学到一些经验，并通过自己的努力去成为"别人家的孩子"。尽管结果并非事事完满，却会让我们看到自己的不足，拥有不一样的视野。

我们每天都会向他人寻求建议，小到如何制作一个美味的蛋糕，大到如何处理与领导的关系。

通过取经，我们能获取自己所不知道的信息外，还有一些自己所不知道的作用——当你请教的时候，别人会尽自己的能力给你最好的建议，无形中他们会成为助你成功的智囊团。

成功，这正是我们最想要的！

第 三 章
认清自我，懂得自己最想要什么

认清自己，懂得你最想要的是什么，追梦路上才能鸟语花香。不是每只会飞的鸟都能飞上高空，不是每个会唱歌的人都能成为歌星，不是每个爱演戏的人都能当主角。

◇ 你所谓的稳定，只不过是在浪费生命

1

张爱玲曾说过："在人生的路上，有一条路每个人非走不可，那就是年轻时候的弯路。不摔跟头、不碰壁，怎能炼出钢筋铁骨，怎能长大呢？"

的确，努力长大、努力工作就是为了过上更高品质的生活，不一定要多富有，但一定可以随心所欲，这是我们喜欢的终极目标。

养几盆多肉植物，养一只小乌龟，听几首老歌，品几杯红茶，做几道拿手好菜，看书练字。这些都花不了多少钱，费不了多少时间，但生活会充满情趣。

不要强调自己多忙，时间就像海绵里的水，挤挤总会有的，工作赚钱就是为了享受。

第 三 章
认清自我，懂得自己最想要什么

很可惜，上帝并不会直接交给你这样的生活，需要你不懈努力才能得到。

当然，与奋斗相辅相成的还有挫折。有人会为此痛苦、迷茫，事实上，失败、挫折也正是我们所需要的，它和成功对我们一样有价值——生气就是用别人做错的事来惩罚自己，那是笨蛋的行为。

生命和时间，这些是我们无法挽留的，不要总觉得自己有多么了不起，世间永远都有人比你更强。但你也无须气馁，更不要质疑自己的付出，人生意义的大小不在于外界的变迁，而在于内心的经验，这是一种健康的成长。

你要认清自我，懂得自我需求，不能因为一时的失意而错失人生更多的机会。失败并不可怕，趁着年轻还可以往前冲，经得起折腾——要记住，决定你人生高度的不是天赋，是格局。那些走过的点点滴滴都将是一种沉淀，它们会默默铺路，只为让你成为更优秀的人。

2

年轻时，千万不要因为害怕犯错而原地踏步，没有一个人的人生路是平坦的,而挫折与逆境只是为了打磨你,让你成长得更好。

"怕什么,我还年轻,日子长着呢。"说这句话的时候,赵琴一脸的自信。

刚走出校门,赵琴和好友林桦同时进了瑞龙电子公司做前台工作,工资每月3500元。

当赵琴将这个消息告诉家里时,家人都不赞成这份工作,因为工作时间长,也没什么发展前景。可赵琴认为刚进入社会,没有工作经验,找到一份能养活自己的工作已属不易。虽然基层条件差,但能学到东西,只要好好做,升职加薪是迟早的事。

可林桦总是抱怨,说公司待遇太差,如果找到好的工作单位,她就立刻跳槽。对此,赵琴并没有说什么,因为每个人都有追逐幸福生活的权利。

这份工作虽然工资低,但并未影响到赵琴的工作积极性。她恪尽职守,吃苦耐劳,一年之后公司就将她定为重点培养的对象,并调薪三次,工资涨到了4500元。

林桦不停地发求职简历和参加面试,可赵琴总是一副忙忙碌碌的样子。其实,她也渴望高薪,渴望积攒一笔钱

第 三 章
认清自我，懂得自己最想要什么

去创业。可她知道天底下没有任何人会一步登天，而人生中经历的这些困苦，定是为了成就更好的自己。

林桦认为赵琴太胆小，贪图安逸。可赵琴认为，自己的工作好不容易才迈上正轨，如果就这么放弃了，之前的努力不都白费了吗？最后，林桦离开了，赵琴选择留下。

两年后，两个人再次相遇。此时，林桦在另一家公司的待遇还不错，月薪5000元，还有住房补贴。

"要不我介绍你来我公司，别吊死在一棵树上。"

"这几年老板对我不薄，我不能无缘无故地辞职，那样太不厚道了。"

"你傻啊，再好的老板也是商人，你只是他挣钱的工具。"

赵琴明白，如果现在辞职，就意味着放弃了领导对自己的信任，也失去了一次在基层锻炼的机会。以她目前的能力与经验，根本无法支撑自己独自创业的梦想——没有经验、没有资金、没有人脉，各种资源稀缺。尽管做事不可能等到万事俱备，但也不能盲目跟风。

8年后，赵琴成了这家公司的管理高层，而林桦还是一个看人脸色的小职员，她总是不断地跳槽，不停地追求

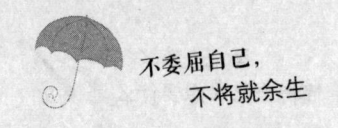

高薪，却始终没有找到一份满意的工作。

其间，赵琴不仅磨砺了自己的意志，还建立了广泛的人脉。她在掌握了公司的各项流程和运转模式的同时，还获得了丰富的管理经验，更重要的是，她有了创业的第一笔资金。

去年春节将近的时候，赵琴向公司递交了辞呈，开始着手自己的创业计划。

3

其实，很多成功的人都有过这样的经历。比如当下的国际巨星史泰龙，十几年前却异常落魄：当时他身上只有100美元，连房子也租不起，只能睡在金龟车里。但他立志要当一名演员，并非常自信地到纽约的电影公司应聘。

当时纽约有500多家电影公司，但都因史泰龙外貌平平且咬字不清而拒绝了他。随后，他又写了剧本《洛奇》，并拿着剧本到各个公司毛遂自荐，被拒绝的同时还要接受别人对他的嘲笑和奚落。

梦想的路上，会有许多的荆棘与困境，会让你觉得自己如同在茫茫晨雾中找不到出口一般，迷茫而又无助。你认为全世界都在跟你作对，都欠你的，事实上，岁月从不辜负任何人的努力。正如史泰龙一样，在遭遇了1855次拒绝之后，他终于遇到了伯乐——一家电影公司的老板愿意投拍《洛奇》。

如果有人说他在哪里摔了一跤，跌了一个跟头，这很正常，因为人生的逆境遍地都是。但是，如果你身陷逆境而破罐子破摔的话，那才是真正致命的。我们需要正视那些挫折，活出最美的姿态。

其实，人生就是一场马拉松长跑，要有长远的目标和坚持不懈的韧劲。你坚持下去了，那你就是胜利者。而且，坚持的背后是格局，也正是因为坚持和格局，你才创造了不一样的人生。

4

我们该如何坚持，又该如何正确地去面对一切呢？

1. 树立自信心

挫折并不可怕，可怕的是在挫折面前你自甘堕落。天上不会无缘无故地掉馅饼,所以要记得,下雨天没有伞的孩子只能拼命向前跑。

很多时候,我们可以凭借信念战胜挫折。有些幸运我们以为是上帝的恩赐,其实是我们强大的信念帮助自己取得了胜利。

2. 找准目标,未雨绸缪

目标就是梦想与追求,它就像人生的方向标,沿着它坚持走下去,我们未必会成功,但人生一定不会跑偏。

3. 自我反省

坦然接受已经发生的失败,并反省自己为什么会失败,然后找准目标重新起航。如前所说,反省是一面镜子,它能帮你找出自己的不足,它就像一句鼓励的话语,能鼓励你不断前进。

4. 学会取经

有很多人遇到自己不能解决的问题时,总是难于向别人启齿或不希望给别人带来麻烦,这是不对的。

遇到挫折,我们的目的只有一个——结果。所以,要大胆地尝试用很多办法去解决问题。有人觉得找人帮忙很丢面子,其实不然,能请到人帮忙也是你的本事。

5

人生路漫漫，无论做什么事我们都会遇到这样那样的不如意。有些人面对困难坐如针毡，有些人却淡定自如——其实挫折并不可怕，可怕的是没有自信心。

这个世界不是一个由你任性的地方，面对挫折，沉得住气是你生存的一种姿态、是一种胆识、是一种成熟的标志。

许多成功者也不是一开始就成功的，倘若总是不得志，那我们不妨把自我放在第二位，把追求的梦想放在第一位，坚持走下去，总有一天上帝会被你感动。

人生中，我们有很多种从容别致的活法，只是我们太过"计较"，计较那些自己极其渴望但还没得到的东西。可生活就像是在大海中行驶的小船，在狂风巨浪中需要沉得住气，才能扬帆远航，笑傲江湖。

志气、勇气、才气甚至傲气，不管怎样你都要有一口气在，正视挫折，积极面对，也许就是机遇。那时你就会明白，人生的困苦与逆境都是为了让自己学会坚强，如何

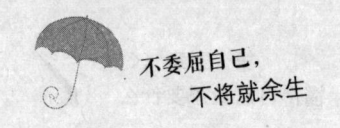

坚持得到自己所想要的一切。

选择坚持，那是因为我们看清了自己、看懂了自己到底想要怎样的生活，所以才能坦然处之。

记住，任何艰难困苦都是为了让你的价值得到升华，成就最好的自己。

不放弃，终将不被辜负。

◇ 认清自我，懂得自己最想要什么

1

繁华的世界里，每个人都过着忙碌的生活。清晨，很多人都是因为懒而匆忙起床，然后刷牙洗脸，急匆匆地冲出家门，开始一天的生活。日复一日，这样的日子似乎让我们不再认识自己，不知道哪个才是真实的自己。

人生和梦想，哪个才是真的？

第 三 章
认清自我，懂得自己最想要什么

或许我们应该慢下脚步来，找到那面属于自己的镜子，然后认清自己。

认清自己，懂得你最想要的是什么，追梦的路上才能鸟语花香。不是每只会飞的鸟都能飞上高空，不是每个会唱歌的人都能成为歌星，不是每个爱演戏的人都能当主角。

我们也一样，认清自己的能力，知道自己想做什么、能做什么、该做什么，我们就是幸福的。而且，当我们认清自己，知道自己想做什么的时候，我们的梦想就已定格，人生蓝图的大概轮廓也就变得清晰，人生就不会跑偏。

认清自己，与自己便成了知己。

其实，我们才是最了解自己的那个人。了解自己，便知道自己的快乐与悲伤，清楚自己的想法然后选择努力，为满足自己内心的欲望而不停地努力和坚持。

这种欲望就叫梦想。有了目标才会有动力去实现，在这条路上坚持，努力挥洒汗水，然后路边的花就开了，人生高度就提升了。

对现在的年轻人来说，活着不难，只要你知道自己内心的需求，然后为之奋斗，剩下的只是时间问题。

可惜人的意识是流动的，如果进入到某一个环境中，

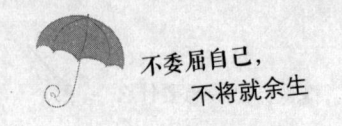

就会不自觉地被改变、被影响。比如，你本来想做一件事，但是迟迟没有行动，时间久了就不会再去做了。你无法正视得与失，就无法做出正确的判断。

你因为不了解自己而犹豫，而犹豫的最大损失就是失去更好的生活机会、失去更多的话语权。

2

钱鹏是一家公司的项目经理，负责一个大型的医疗卫生应用项目。项目刚起步，这时，西城区一家科技公司给他发来聘任书。

钱鹏以前是一名程序员，后来因为很多原因转型了，但他对编程依然热爱，而且这家科技公司的薪水和发展空间都是现在的公司没法比的。

钱鹏内心有些波动，但他明白项目经理的重要性。这就像一名船长，在危险的海面上指挥着航船，而他的职责就是不论遇到什么危险都要坚守岗位，带领这艘船顺利平安地到达目的地。

项目运作了半个月才只有一个雏形，如果现在他离开，

第 三 章
认清自我，懂得自己最想要什么

导致整个项目交期延后，必将影响公司的信誉。所以，这个项目对公司很重要。

钱鹏认为自己还年轻，需要更广阔的发展空间，而人活着就要有所追求，于是他打算近期向公司提出离职申请。但出于个人做事风格，他又做不出这么决绝的事情——因为公司老总对他不薄，而且身边的朋友七嘴八舌的，褒贬都有。

"机不可失，时不再来，机遇要自己把握，因为在人生的道路上，你不可能总是这么幸运。"

"你这么用心对老板，老板看重的却是你能为他创造多少效益。"

"人都是自私的，人不为己，天诛地灭。再说了，一家公司离了你就不转了吗？"

"做事先做人，或许在小公司里你处于举足轻重的地位，但在大公司里你可能只是一个高级附庸。"

……

更多的人则建议他先将这个项目做完，然后再考虑跳槽的事情。如果说坚持跳槽，对方公司若知道你这么不负责任，对你的信任感会大打折扣。

面对大家的"好言相劝",钱鹏犹豫了。

其实,换一份工作是对现有人力资源的放弃,也算是一种风险投资,因为你不能保证对方公司履行它当初对你的承诺。最终,钱鹏没有离开公司,原因不是他不愿去,而是面对众人的相劝,他已经不知道自己真正想要的是什么了。

不要做那些不痛不痒的放弃,因为迟早有一天你会加倍偿还。此时,他犹豫了,害怕了。

我想要什么?又能得到什么?

当我们懂得自省的重要性并开始这样做时,这些问题就开始萦绕在心头,直到我们倒下。如果没有答案,那你的人生就像一盘死棋。而你也只有对自己命运重新认知,你才能拥有大格局。

在这个世界上,离我们最近也最远、最亲也最疏的那个人,就是自己。很多时候,我们都未曾尝试去了解自己,虽然眼睛长在自己身上,但看到的都是别人,却看不到自己;耳朵听到的都是别人的言论,却很少去倾听自己内心的需求。

第三章
认清自我，懂得自己最想要什么

3

事实上，没有最好的工作，只有最适合自己的工作。我们只有了解自己，才能为自己而活，因为一个人只有了解了自己，才知道自己想要干什么，怎样扬长避短，让自己快乐地生活。

那么，如何了解自己呢？

1.认清自己的性格

有的人性格粗暴，有的人性格温柔。

都说性格决定命运，但性格一旦形成就很难改变。如果你的性格不是很好，也已经改变不了，那就要认清自己所处的环境，尽量克制自己。

一件事是否能成功跟一个人的性情有很大的关系，不管积极的还是消极的，都决定着一个人成功的方向。倘若一个人对自己所做的事情一直持消极排斥的态度，是不可能成功的。

2.认清自己的习惯

习惯影响行为，每一个人都要根据自己的习惯、爱好

去找准自己在生活中的位置。

如果你是一个喜欢挑战、做事却只有三分钟热度的人,倘若在一个固定的岗位上工作将会被束缚,失去工作的热情。而一个喜欢安于现状的人就不要被外界所诱惑,让自己沉下心去好好工作。

3. 认清自己的内心

认清自己的内心,是强大的还是脆弱的。一个内心强大、还有远大目标的人,只要奋斗,离成功也就不远了。一个内心软弱的人,尽量不要从事风险太大的投资,干什么事都要先考虑是否在自己心理承受的范围之内。

4. 认清自己的兴趣

认清自己的兴趣,做自己喜欢做的事吧,毕竟,成功大多源于个人的兴趣和坚持。因为感兴趣,就会更努力,就越容易看到希望,所以会坚持得更久。

4

"人啊,认识你自己!"

在太阳神阿波罗的神庙门上,古希腊的智者留下了这

第 三 章
认清自我，懂得自己最想要什么

样的忠告。人这一生最难做到的就是认识自己，每个人为了达到自己的目标都会努力奋斗，但并非每个人都会取得成功。这样的结局除了你付出的努力不够，更多的是因为没有认清自己，包括认清自己的位置。

认清自己，就有了自己的思想，因为没有思想的人是可悲的。生活在这个世界上不知道自己为了什么忙碌，一味地去追寻别人想要的东西，到头来得到的却不是自己想要的，那是怎样的一种悲哀。

而人生就像一部电影，我们只有认清自己，规划好格局，才能够演绎好自己的角色，让生命更精彩，为人生画上完美的句号。

古人说："知人者智，自知者明。"一个人最大的对手不是别人而是自己，只有彻底认识自己、了解自己，才能接受自己、直面自己、相信自己、依靠自己，最后超越自己，实现属于自己的成功。

一直以来，我们都有一个观念，那就是人的一生应该活得有价值。正是由于这份信念，让我们走上了一条很奇怪的道路，越往前走越感到迷茫。

可是时间不等人，也许我们会在某一个时刻迷失了自

我，看不清自己，但不能永远如此。

都说决定人生高度的不是天赋而是格局，其实这格局就是指——你思想的姿态。一辈子说长也长，说短也短，错过了就会是一辈子的遗憾。诚如纪伯伦所说："不要因为走得太远而忘记自己为什么出发。"

亲爱的，你还认识自己吗？

◇ 坚信"素颜"最漂亮

1

人要活出真实的自己，正如溪流从不畏惧江海拒绝自己，只怕冬天来得太早。你看，只有个性闪烁光芒时，你才会被别人记住。

旅途上，我们需要真实、自信、自强，就要秀出真实的自己，坦坦荡荡，不虚伪。让自己给世界留下一道最美丽

第三章
认清自我，懂得自己最想要什么

的风景线，这样，你的一生才会充满色彩，不再枯燥乏味。

地上的企鹅不可能变成天鹅，蜡烛的微光永远比不上耀眼的阳光，但我们却是这般真实地活着。想要选择什么样的人生就得去唤醒自己的心灵，因为心中的格局有多大，人生就能走出多远。

从现在开始，做一个真实的自己！

你要坚定信念，沿着信仰走下去就会到达梦想的天堂。没什么比真实、比"素颜"更重要，也没什么比虚伪更耻辱。因为，我们更喜欢真实的自己。

对于别人的成功，我们要喝彩；对于自己的失败，我们要笑着面对。我们要为梦想奋斗，更为自己而活。总之，我们要尊重客观规律，不过度放任自己，因为人生只有一次。但我们能给自己设定多个不一样的世界，把握好了就是一种生活态度、就是一次成功的生命之旅。

显然，活出真实的自己并不是一件容易的事，但是人生只有一次，所以我们更要努力跟时间赛跑。

2

我想被这个世界记住!

敏月从小跟外婆在一起生活,从记事起,她就知道母亲爱打麻将,每次都偷偷拿家里的钱出去打牌。有一次,母亲把给外婆治病的钱拿去打牌,一夜间全输了。母亲心中有愧跳楼自杀了,次年父亲也因病去世。

敏月的成绩很好,可惜考上大学却没钱交学费。外婆老了,需要人照顾,看病吃药都需要钱,于是敏月放弃学业,开始找工作。

敏月在街上发过传单,做过超市的促销员,也做过车模——只要能挣钱,不违法犯罪,她都会去干。大家见过她穿一身旗袍风姿绰约的模样,可谁能想到,同时她还是一名商场钟表专柜的售货员。为了多一点收入,她需要一整天都保持着微笑。

做车模穿着暴露,难免会被人议论,为此敏月既生气又委屈,暗地里不知哭过多少次。可是看着年迈的外婆,看着这个家需要自己,敏月坚持了下来,何况车模也是正

第 三 章
认清自我，懂得自己最想要什么

当职业，并不是别人口中伤风败俗的事情。况且，这是她的人生，别人也没资格指指点点。

有一回，一名服装设计师邀请敏月当自己的模特，参加服装设计大赛。在欣赏服装艺术的同时，敏月发觉自己喜欢上了服装设计，并发现了布艺的生命，为此她特地报了服装设计补习班。

后来，外婆去世了，敏月陷入了孤立无援的地步。

不久，她经补习班老师介绍，只身离开家乡去苏州，一心报考苏州的一家设计院校。第一次，因为没有经过系统学习而失败，但她和朋友在学校旁边租了一间地下室再次备考。

整整一年的时间，补习班、宿舍，两点一线，生活单调而又艰苦。

第二年，敏月终于考上了那家设计学院。为了生计，每天放学后她都会去一家培训机构给学生补课，可以说，她不放弃任何一次学习和挣钱的机会。

毕业后，她进入一家服装设计工作室，虽然不是设计师，但她一直认真做事。而且以前兼职做车模的时候认识了很多车行，她便主动与对方沟通，让车行在举办展览会时用他们工作室设计的服装。

5年后,敏月终于通过努力成为一名服装设计师,并拥有了自己的工作室。

从促销员到车模,从补课老师到服装设计师,敏月从未放弃自己的努力。她知道,自己还可以去读书,去做自己喜欢的工作,但她喜欢这样的生活,苦点累点没什么,这是她最想要的真实的模样。

人生的境地没有绝望,只有绝望的人。敏月一直坚信"素颜"最漂亮,不管跌倒多少次都不会彷徨,因为前方的路很敞亮。其实,当初连她自己都不曾想到,她也能站在众人瞩目的位置上成为光鲜亮丽的主角。

可惜,并不是每一个人都会像敏月一般幸运。做真实的自己难,想要活出"素颜"而又有活力的自己更难。

难,并不意味着放弃,因为我们的名字叫青春,叫倔强。

3

那么,为了活出一个真实的自己,我们要如何修炼自己、完善自己呢?

1. 自信

一个人的魅力不仅与容貌有关，还与你身上透射出的自信有关。想要活出一个真实的自己，就要在现实中挺直腰杆为自己而活，做到既能拿得起也能放得下。

一个人长得再漂亮，如果没自信，那他依然是墙角的花朵，表面上光彩夺人，但是无人问津。所以，不管怎样你都要充满自信。

2. 坚持

做一个真实的人，有自己的原则，别人欣赏也好，非议也罢，坚定走好自己脚下的路就行。你可以接受他人的意见和建议，但不能动摇自己的决心。

3. 精进

无论心情怎样，都别让自己颓废，而要学会用空闲的时间去学习，丰富自己的内涵、知识、技能，也不一定要事事精通，但也要学一行懂一行。多明白一些事、看透一些人，所谓明事理，说的都是一些有涵养、有气质的人。

再者，不管自己处于何种状态都要保持一个独立的自我，经济独立、人格独立。要去尝试一个人的生活，不要

依赖任何人，你只有通过学习才能强大自己，这样遇到困难就不会轻易放弃。

4. 淡薄

不急功近利、不浮夸，遇事宠辱不惊，心静如水。人生路上要懂得珍惜、懂得感恩，要有一颗平常心，不要因为那些虚无的名利而失去了自由，失去了人生的乐趣。

4

平淡是真，平安是福。若能做到为人真诚、心胸坦荡、淡泊名利，你的人生就会洒脱。不求鹤立鸡群，只求知足常乐、宁静心安。

真实，是那样的神圣、美好。愿我们都能活出真实，在人世间潇洒行走！

人生的最高境界、最大格局就是做一个真实的自己，而我也坚信"素颜"最漂亮。活出一个真实的自己，这样的人生才能收获快乐和幸福。

愿你历经千帆，归来仍是少年！

第三章
认清自我，懂得自己最想要什么

◇ **适合你的，才是最好的**

1

鹰击长空，鱼翔浅底，是因为选择了适合自己的位置才造就了生命的极致；小桥流水，落霞满天，是因为选择了适合自己的方式才创造了美景奇观。

世间万物只有选择适合自己的位置，适合自己的生存方式、生命状态，才有可能最大限度地实现自己的价值。年轻需要自信，但自信不是盲从，而要敢突破，活出真我。

鞋合不合适只有脚知道，适合自己的才是最好的。事实是，工作中有太多的人在进行职业选择的时候，徒劳地在多条道路之间犹豫徘徊，完全无视自己的内心。

陆九渊曾说："自立自重，不可跟人脚迹、学人言语。"

盲目跟风，邯郸学步，你的世界将没有光彩，人生如

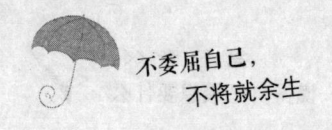

同嚼蜡难以下咽,毫无趣味。

2

赵欣在一家广告公司上班,她总是喜欢把自己跟别人做比较,认为别人有的她也应该有。她经常对同事说:"隔壁二大爷家的孩子大学毕业刚工作就年薪10多万了,自己的大学同学炒股前些日子赚了20多万。别人挣得钵满盆满,自己却是屋漏偏逢连夜雨,心里挺不是滋味。"

过了一段时间,同事换了一辆新车,赵欣"痛定思痛"后也贷款买了一辆车,还计划出国旅行,好好享受一下生活。但是,部门主管不允许她请长假,建议她到春节假期再计划旅游。

可赵欣心疼春节期间翻倍的机票钱,冲动之下递交了辞职信,去欧洲玩了两个星期。

回来后,赵欣开始找工作,可现在不是找工作的好时机——大公司不是不招人,就是嫌她经验不足,而待遇差点的公司她又不愿意去。

几次碰壁后,赵欣找到了那个炒股的大学同学,想要跟着他学炒股。同学告诉她,炒股是团队作业,如果她想做,就得先"拜码头"。

赵欣按照同学的意思安排了饭局,请有头脸的大神吃饭,一顿饭整整花了当初一个月的工资。然而,对方并没有给她支招,而是让她静观其变。

赵欣觉得炒股票总得花钱买人情,于是想放弃了。同学告诉她,股市风云莫测,要看准时机下手,怎能一口吃成胖子?

可赵欣就想一口吃成胖子,因为之前买车、旅游已经花光了她所有的积蓄,她能不着急吗?

后来,赵欣去了一家小公司,待遇比之前差了一大截,那辆车她也转手卖了。

其实,赵欣的好高骛远本来就不切实际,活该落到这般田地。有时候,我们也总是选择不适合自己走的路,结果碰得头破血流,即使努力到达某个高度,结果也不是当初自己想要的。

生活在于选择,应该将自己摆在一个合适的位置,选择适合自己的生活方式,即使不会大富大贵,只要内心快乐,那就是最好的。

3

小说《白马啸西风》里有一句经典名言:"那都是很好很好的,可是我偏偏不喜欢。"

为什么不喜欢?因为不适合自己。我们既然不能像太阳那样照耀大地,那就要像星星一样闪烁;既然不能像参天大树那样傲然挺立,那就要像小草那样给大地增添一抹绿色。展现自己,造就独一无二的你。

你要明白,自信不是与人攀比,只有适合自己的,才是最好的。

每个人都是不同的,别人能行的,你不一定能行;你能做好的,别人不一定能做好。因为,每个人的特性差异太大了,就像网上一篇文章中所提到的:蚊子善飞,就不要强迫它去爬行;蜈蚣脚多,就不要去管它到底先迈哪一只脚。

人人都想获得成功,但大多数人一直在拼搏的路上。任何人的坚持与努力,不外乎就是为了追求成功,既然这个出发点是好的,那路本身就没好坏之分,关键在于是否适合你。

那么，如何才能找到一条适合自己的路，实现人生价值呢？

1. 创造优势

对于个人，首先要学会定位。

你要清楚自己所具有的整体优势，也要正视自己的不足，并在此基础上合理且正确地定位自己的人生目标。然后选择学习，强大自己，因为，多年后你曾读过的书、走过的路都将扩大你的视野，决定你的人生格局。

能否准确地定位将直接关系到成败，至少会影响成功的速度。

2. 积累优势

认清自己的优势并不断积累和扩大，这才是正道，即使暂时没有优势也要学会积累。而积累的一个好方法，就是向优秀者学习或者与成功者合作。

4

人生也好，生活也罢，只要你遵循了上面两点，你的人生即使不能飞黄腾达，也不会坏到哪里去。

就像莫泊桑说过的："人生从来不像意想中的那么好，也不像意想中的那么坏。"

是的，这个世界上的万事万物没有绝对，只有相对。薰衣草在北方长势良好，但不宜到南方种植；荔枝在南方生长旺盛，移植到北方就不会存活。

瞧！这个世界上的选择有很多，但只有适合自己的才是最好的！也只有适合自己，人生的路才能越走越宽，格局才会越来越大。

◇ 努力到无能为力，拼搏到感动自己

1

书山有路勤为径，学海无涯苦作舟。要想攀登上万仞高峰，必须用勤奋作为基础。

第三章
认清自我，懂得自己最想要什么

著名数学家华罗庚就坚信"一份艰辛一份成果"。他没有被环境所困，在数学领域中辛勤耕耘，终于攻克了其中坚实的堡垒，赢得了胜利的皇冠。

是的，只有勤奋才能造就人才。否则，即便你的智商再高也不能获得成功，就像一片肥沃的土地，如果你不勤耕细作，就不能长出好庄稼。总而言之，任何一个人的成功都离不开"勤奋"二字。

勤奋，是成功人生的基础。做一个勤奋的人，你会发现，成功离你不远，你的人生会因勤奋而变得精彩，更可以促使人改变命运。

其实，天才就是1%的灵感加99%的汗水。勤奋不仅能使贫穷的人变得富有，更能使失败的人走向成功。

英国物理学家牛顿小时候学习成绩不好，但是他的动手能力很强。

有一次，他做了一个小风车带到学校里，同学们都十分好奇地围着看他的风车。突然有一个同学问他，为什么风车会转？这个问题难倒了小牛顿，他半天也答不上来。小伙伴们哄堂大笑，牛顿觉得很丢脸。

从此，牛顿便勤奋钻研科学，研究世间万物的规律，

成了世界著名的物理学家，也铸造了辉煌的人生。所以，勤奋能扩展我们的视野，提高我们的格局，从而改变我们平凡而枯燥的人生，让它变得与众不同。

当勤奋成为你生命的一部分时，我相信你也可以成为成功人士。

2

学妹小青是个女学霸，她不但斩获了众多的奖学金，上学期间就已经是资深媒体人了。毕业后，她和闺密合伙开了一家奶茶店，由于两个人经常能想出博人眼球的营销方案，奶茶店的生意很快就蒸蒸日上。

亲朋好友劝小青，女孩子不用那么努力和辛苦，找一个条件好的对象嫁了就可以了。但是，小青认为，优秀的人，才能配得上更优秀的人。

"面包我自己挣，他给我爱情就好。"

"爱情？爱情能让你住大房子、开豪车、买名牌包包吗？"

小青笑笑，并不理会。

第三章
认清自我，懂得自己最想要什么

于是，当别人在餐厅里享受精致美食的时候，小青和闺密在琢磨怎么再增加客流量；当别人在商业街上逛逛逛、买买买、享受香薰SPA时，小青和闺密在研究地段，她们打算再开一家奶茶店。

这是一个物质的世界，但只有通过自己的努力追求来的物质，才能给予自己想要的生活。努力的人在无形中为自己创造了机会，一旦时机到来，必能有所作为。因为，机会只留给有准备的人。

3

老话说："天道酬勤。"成功的彼岸只青睐那些努力的人，绝对不会向那些懒惰的人抛出橄榄枝。

努力的人一定会成功吗？

我不能给你肯定的答案，但我能肯定的是，不努力的人一定不会有什么大作为。即使因为运气可以小胜几次，但若没有实力，馅饼掉下来你都不敢捡。

世上无难事，只怕有心人。那么，我们该如何让人生绽放光彩呢？

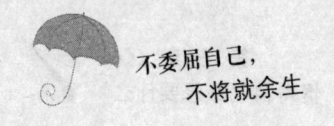

1. 尽力多做

尽力多做是勤奋的基本要求，只有尽力才能熟能生巧，总结经验，不断进步。现实生活中，那些靠天赋取得的成绩，同样可以通过勤奋获得。

只有努力、勤快，你才能获得自己想要的生活。

2. 奋发有为

勤奋的第二层含义是"奋发"，就是说，要鼓足干劲投入到工作之中。

如今，快节奏的生活不仅需要实力，还要具有旺盛的精力。萎靡不振的姿态不仅会让你显得信心不足，还会给别人留下不好的印象。

3. 坚持不懈

坚持不懈是勤奋与否的试金石。天行健，君子以自强不息。据记载，我们的先人在观察天象时，发现天体运行刚劲有力、周而复始，做人也应该像这样。

世间没有一蹴而就的成功，你只有坚持不懈，慢慢积累、沉淀你的价值，才能拥有不一样的格局，成就人生高度。

第三章
认清自我，懂得自己最想要什么

4

此时，自强不息的精神已经融入了我们的血液，时刻激励着我们为梦想而努力奋斗。

所以，做任何事都应该循序渐进、坚持不懈。在职场中，不管你身在何处、从事什么职业，只要有一股锲而不舍的奋斗精神，干一行爱一行，总有一天你一定会成功。

或许此刻你还没有成功，但要保证你一直在追求成功的路上。

业精于勤，荒于嬉。

但凡有作为的人，都是勤奋的人。勤奋能创造一个最好的自己，而懒惰只会让你的人生毫无前景。当勤奋成为我们生命的一部分时，它便会改变我们平凡而枯燥的人生，让人生从此与众不同。

这种"与众不同"，正是我们日思夜想的渴望！

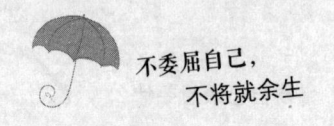

◇ 滚蛋吧，急躁君

1

俗话说，心急吃不了热豆腐，欲速则不达。

前些日子，我在书中看过这样一个故事：

有一个男孩很喜欢研究生物，他想知道毛毛虫是如何变成蝶的。有一次，他在草丛中看见一只蛹，便带回家，日日观察。

几天以后，蛹出现了一条裂痕，里面的蝴蝶开始挣扎，想抓破蛹壳飞出来。一个小时过去了，蝴蝶还被困在蛹里，男孩决定帮帮它，便拿起剪刀把蛹剪开。可他没想到，蝴蝶因为翅膀不够有力根本飞不起来，不久就死去了。

悲剧！

破茧成蝶的过程原本就非常痛苦和艰辛，但只有通过这些经历才能换来日后的翩翩起舞，外力的帮助反而让爱变成了伤害，造成了蝴蝶的悲剧。

通过自然界中这一微小的现象放大至人生，我们会明白，急于求成反而会导致最终的失败。做人做事都要放远眼光，注重知识的积累，厚积薄发，这样，自然会水到渠成。其实，许多事都必须有一个痛苦挣扎和奋斗的过程，而这也是促使你成长的过程。

大多数人也知道急于求成往往会事与愿违，做起来总是与之相悖，忘了一步一步慢慢来，岁月才不辜负自己。

2

刘子涵从政法大学毕业后找工作屡屡碰壁，她看着身边的同学不是考上了公务员，就是通过司法考试做了律师。对此，她非常羡慕，同时也有些灰心。

朋友劝她继续坚持，总能在司法口找到好工作，父母也希望她能快点稳定下来。

刘子涵认为，不管面对什么境遇，首先要有一份工作养活自己，然后才能去谈爱好、谈梦想。

在求职的那些日子里,刘子涵一边做英语家教维持生计,一边给各个公司的法务部门投简历,然而投出的简历都石沉大海。

渐渐地,她发现别人眼中的好工作也未必适合自己,倘若自己太过急于求成,想要快速在司法界获得一席之地也不现实。

于是,刘子涵决定发挥自己的优势,到一家英语培训机构应聘英语讲师和演讲教练。果然,这份工作更适合她,学生们都很喜欢上她的课,她也找到了自己的人生航标。

"心急吃不了热豆腐,也没人能一口吃成胖子,而我始终都相信,时间不会辜负任何一个努力的人。"面对朋友赞许的目光,她依然那般淡定。

开始投入地做一件事情,无论自己如何不情愿,你都要尽心尽力地做好。而且,做了以后,心态就平静了,或许还能获得意想不到的收获。

3

欲速则不达!

第三章
认清自我，懂得自己最想要什么

这是我父亲一直着重强调的观点。他说，一味主观地求快，这样就违背了客观规律，后果只能是失败。一个人只有摆脱了速成心理，积极努力，步步为营，才能达成自己的目的。

其实，当你努力提升自己的实力、不断强大自己的时候，所有的事情就会顺理成章地进行下去。很多时候，失败并不是因为我们不够聪明，而是我们太过聪明、太想要成功了。

慢，不是停滞选择安逸，而是积累与沉淀、是整装待发、是厚积薄发。

因为，有些事情即便你乘风破浪，勇往直前，也未必比别人先到达彼岸。如果太急于求成，反而会错失很多本该属于自己的美好。

或许你会说，慢慢来，慢得有可能连黄花菜都凉了。但你试想过没有，如果你不一步一步地坚持走来，想要跳跃式前进，说不定会错过更多美丽的黄花菜。

事实上，很多失败的人大多是因为性情急躁，他们面临一些事情时总是不能用平常心去应对，容易产生冲动的言行，而这种冲动会直接导致失败或者更糟糕的结果。

可见，急躁情绪对我们的身心健康有着很大的影响，那我们该如何控制呢？

1. 保持平常心

遇事要保持冷静，并且做什么事情前心中都要有数。对于一些重大事情，还要有一定的规划。有了事先的考虑和安排，做起事来就不会急躁，人的性情也会变得稳重。

多学、多想，使自己的个性变得宁静、稳定、平和，不要急于求成，慢慢来，属于你的上帝会给你的。如果你没有得到自己想要的，要么是时间不够、修炼不够，要么就是它不配你拥有。

2. 要正确认识自己

制定目标时，要根据自己的实际能力和现状，合理确定达到目标所需要的时间。

对自己要宽容，性子不要太急。如果时间定得不合适，在预期内没有达到自己想要的结果，人会变得急躁，不冷静，就会影响后续努力的动机。所以，要因人制宜，确定合理的预期时间。

3. 提高自己的觉悟

当急躁情绪出现时，就要学会自我调节，提升抗压能

第 三 章
认清自我，懂得自己最想要什么

力，并提醒自己："要冷静点，急能解决问题吗？心急只会把事情弄得更糟。"

通过这些自我暗示和宽慰，会帮我们快速恢复情绪的常态，获取成事心态。况且，做人做事要善始善终，不要虎头蛇尾。

做任何事情都要有一个好的开头，并且能通过自己的不懈努力达成满意的结果，就会有效地帮助自己克服焦躁的情绪。事实上，你着急也没用。

4

在职场，我们要学会控制自己的情绪，修炼自己的内涵。也只有心胸宽广，才能成就大格局，获得很赞的人生。

良好的心态，能创造出良好的学习和工作氛围，很多人的生活历程都与刘子涵相似，但他们的结局却截然相反。

因为年轻，所以我们经常一起畅谈理想和抱负，可说多了之后就会烦躁，抱怨目前的状况没有达到预期的效果——工作不好，领导不赏识、不重用，门路太少，局限性太大，自己没法施展才华，好像全世界都跟你有仇似的。

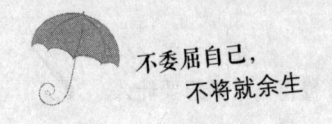

这些现实的一切与理想差得太远,好像只有去突破这些才能拥有美好的未来。可事情并不像我们所想的那样,结果更是处处不顺心,因而陷入了自己设定的困境中。

理想没有错,你也没有错,年轻的时候总有一段时间是这样度过的:每天做着烦琐的事情却得不到领导的肯定,感觉到未来的渺茫,看不见希望。但这是黎明前的黑夜,若想成功,一个人必须学会去接受一些压力、错误,还有紧张和失望。

其实,这些只是生活的一部分。我们要通过学习让自己强大,去走更平坦的路。你想一步登天,那不是励志,而是童话故事。

我们都相信,如果你选择了努力与坚持,下一个成功的人有可能就是你。

你信吗?

第三章
认清自我，懂得自己最想要什么

◇ 不自信，等于埋葬竞争力

1

长风破浪会有时，直挂云帆济沧海。

人们常说自信是成功的一半，一个人没有了自信，他就会什么都做不成、也做不好。的确，很多时候，自信是走向成功必不可少的东西，无论是学习还是生活，它都起着非常大的作用。

以前总觉得上台讲话没什么，前些日子当我自己上台演讲的时候，才知道那需要很大的勇气。

可勇气又源自哪里呢？自信！只有自信，别人才会重视你、注意到你、尊重你，让你拥有人生的大格局。因为，人生就像一盘棋，每个人都是棋子，在下棋的过程中你若没自信，那整盘棋就会输得一败涂地，就算有好的想法你

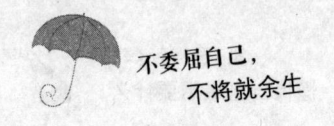

也不敢落子，也会错失更多的机会。

自信是人生最珍贵的宝藏之一，自信的人实现目标靠的是自己的力量，它能使你免于失望，为人生添加更多的砝码。而自卑的人，只会依赖运气达到目的。

2

赶路时，信心就像是一股巨大的力量，只要你有信心就能产生奇迹。这是徐薇最深的感受。

刚上初中的时候，徐薇是一个非常热心的学生，喜欢帮着老师发作业、收卷子，维持课前秩序。每次碰见老师，她都追着老师问不懂的题目。

可第一次月考考砸之后，徐薇就变了，她开始抄作业、上课吃零食，各科成绩也纷纷垫底。

老师发现她越来越不爱说话，脸上的笑容也少了，总是一个人独来独往。同学们也不爱搭理她，有的同学还带有一种难以言明的瞧不起的表情。

各科老师开始跟徐薇推心置腹地谈心，鼓励她重拾自信，好好学习。可她的成绩还是连续下滑，第一学期期末

第 三 章
认清自我，懂得自己最想要什么

考试，主科她竟然都没有考及格。发卷子的时候，同学们都看见她哭了。

寒假前，老师在徐薇的手册上写道："哭，不能解决任何问题，但你要记住这种难过的感觉，或许当你走上社会，难过的事情还会更多，但多难都不要放弃。相信我，这个世界上最幸福的事情就是艰难地从低谷走出来，看着自己一点点地变好。"

寒假过后，返校的第一天下午正好是各科补考时间，徐薇的三门补考成绩都过了60分，勉强及格。渐渐地，她开始认真写作业，课堂上更是积极地举手发言。尽管有时候答错了，面对同学的嘲笑，她也没有灰心。

有一次上课，老师检查背文言文，班上很多同学都背不出来，徐薇勇敢地举起手，希望老师叫她。起初老师担心她也背不出来，这样会不会更受打击？意外的是，那么长的文言文，她竟然一字不落地全部背诵了出来。

同学们都惊呆了，顿了一秒，全班开始为徐薇鼓掌加油。徐薇听到掌声时的那种眼神，怯弱中带着骄傲，随即又化成一种笃定的自信，仿佛这掌声早就应该为她响起。再后来，她的成绩开始慢慢地提升，虽然数学一直不好，但她从未放弃鼓励自己——因为她始终相信,只有努力学习才能获得好成绩。

后来,徐薇如愿考上了理想的高中,三年后又去了心仪的大学。前些日子,我看到了她在朋友圈发的一条动态:这个世界上最幸福的事,就是看着自己一点点地变好。我很感谢没有放弃我的老师们,更感谢锲而不舍的自己。

原来,她拿到硕士学位了。

看,人的一生就像是一场盛大的马拉松。刚出发时,摩肩接踵,人山人海,起初也许你无法领先,也不够出众。但每个岔路都会有人转弯,每条街区都会有人驻足,只要你咬紧牙关,不放弃前行的脚步,早晚会出彩。

3

之前,我在一本书中读过这样一句话:"趁年轻,大胆去犯错。"

这里说的犯错,不是指你明知那样做是错的,还固执地去做。相反,它是指我们为了更好的进步而去坚持,为了自己想要的生活而努力奔跑,即使错了,也比原地踏步

第三章
认清自我，懂得自己最想要什么

要强。很显然，这就得需要自信与勇气。

人生路上总会遇到挫折，如何正确看待挫折才是大学问。如果我们因为害怕犯错而失去更多的机会，那才是得不偿失。你要清楚，那个害怕犯错的自己并不是你想要的样子——事实上，你今天的样子，就已经决定了你明天的人生格局。

年轻时，千万别因为害怕犯错而让自己停滞不前，丧失对成功的渴望；别因为害怕就放弃了梦想中的生活，不去拼一拼，将来的你一定会后悔。

何况，那些拦路虎真的有那么可怕吗？

很多人不管是说话还是做事，总是信心不足，害怕自己做不好，或者担心由于自己的问题会把事情搞砸。同时，又因为过去有很多失败的经历，从而导致自己严重缺乏自信心，甚至开始变得自卑起来。

这太可惜了，那么，我们要怎么重拾自信呢？

1. 自信心是健康的心理状态

自信心，是相信自己有能力实现目标的一种心理倾向，是推动人们进行活动的一种强大动力，也是我们完成活动的有力保证，它是一种健康的心理状态。

2. 自信是成功的基础和保证

古往今来，但凡成功的人都有一个共同的特点，那就是自信。当然，我们也要剔除盲目的自信，所谓知己知彼百战不殆，有底气的自信才能激励你走向成功。

自信是一种内在的精神力量，它能鼓舞人们去克服困难，不断进步。

高尔基说："只有满怀信心的人，才能在任何地方都把自己沉浸在生活中，并实现自己的理想。"

战胜逆境，最重要的一点就是树立坚定的信心。

3. 自信能够激发人的意志力，挖掘潜能

自信是对自己正确评价后所产生出来的一种自我肯定感，它会激励你为自己选择一些难走但又是必经的人生之路，并义无反顾地走下去。在奋斗的过程中，它会不断激励你克服困难，勇往直前，让你在职场中增加竞争力。

拥有自信心，提升了竞争力，平凡的人也能做出惊人的事业。美国教育家戴尔·卡耐尔也曾指出："一个人事业上的成功因素，其中学识和专业技术只占15%，而良好的心理素质要占85%。"

第三章
认清自我，懂得自己最想要什么

4

有自信心的人，能实事求是地评估自己的知识、能力，能虚心地接受他人的正确意见，对自己所从事的事业充满信心。

其实，每个人都具有很大的潜能，只要相信自己，努力将潜能充分挖掘出来，就会被更多的人所认可，它会让你拥有更强大的勇气去面对艰苦而复杂的人生。相反，如果丧失了这种信心，则是一件非常可怕的事情，你会认为自己没有能力做好每件事情。

自信，它是开发潜能的前提，无论做什么事情都要勇于承担和争取。倘若你连几次失败都不敢尝试，凭什么想要成功？

有人说："我是一个很容易受别人影响的人，我想做一个有自信、有想法的人，可身边的人总是会让我感到自卑。"记住，没有你的同意，谁都无法使你自卑！

自信是一个循环，如果你表现出足够的自信，别人就会认同你的自信，你就会因此而越来越自信。

我们常说，现在社会中人的总体知识含量基本上持平，差异通常表现在能力方面。怎样展示自己的能力、发掘自己的能力，表现尤为重要，而是否拥有这种展示、发掘能力的重要因素就是看你是否有自信。

自信很难吗？

不难，只要做起来就行。

第四章
抱怨没用,这个世界靠实力说话

任何时刻,上帝都会眷顾那些有准备的人。如果你时刻为自己充电,深化学习,不断提高自己的认知水平——个人价值提升了,那么,选择职业时你就能充满底气,进而能形成自身的大格局。

◇ 你为什么过着不满意的生活

1

前几天,女儿跟我一起讨论《知识百科》,上面提到石墨通过高压能成为钻石,这是不是很不可思议?

小蚯蚓是出名的软体动物,它没有强劲的筋骨和锋利的牙齿,却能用柔弱之躯开辟出属于自己的小天地。

蜗牛是我们眼里最为笨拙的家伙,没有翅膀、没有利爪,却能够锲而不舍,让自己的梦想站立在大地之上。

蚯蚓、蜗牛都敢于向自己挑战,天然的不利条件并没有使它们屈服,它们总会想办法克服那些不足,来满足自己的各种欲望。

奋斗,为自己的理想而奋斗;挑战,为自己的梦想而挑战。我想,即使蜗牛没有到达金字塔顶,它也毫不后悔,

第 四 章
抱怨没用，这个世界靠实力说话

因为它为自己的目标付出了行动，它为自己的梦想做出了努力。

老辈人常说："人生在世，酸甜苦辣都得尝个遍，那才叫过日子。"

酸，是酸楚，是人生百味的第一味；甜，是畅想，令人享受前景，追求完美；苦，是逆境，激发人心，努力创造奇迹；而辣是一种欲望，改变当下，展望未来。不管人生如何悲欢离合，我们都要积极去面对，因为每个人的时间都是有限的。

现实生活中，总有一些人会抱怨自己有某方面的缺陷而不能达到自己的目标，并以此当作掩盖自己懦弱的借口。然而，探寻一下那些成功者的足迹，哪个不是勇于自我挑战的勇士？有梦就要去追，这样才是人生该有的姿态。

其实，摔一跤也没什么，人生的磨难遍地都是。你要挑战自我，做自己命运的主人。

2

"我只是少了一条胳膊，但在其他方面，我相信自己

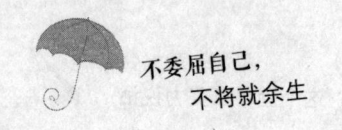

能比常人做得更好!"这是亦可经常说的一句话,但是这句话蕴含着她对人生的态度。

那年亦可18岁,正值青春,拥有灿烂的微笑和灵巧的双手,梦想成为一名教师。然而,由于一次意外的医疗事故,她患上了骨肿瘤,为保住性命不得不选择截除左臂。

对花样年龄的亦可来说,失去左臂无疑是噩梦般的经历。医生给她安上假肢,告诉她要养成独立的个性,并鼓励她要自己吃饭穿衣,积极参加各种活动。可是,这些事听起来很容易,做起来实在太难了。

身体康复后,曾经倔强而优秀的亦可变得自卑起来,不愿意出门见人,也不愿意做任何事情。无奈之下,父母只好给她办理了退学手续。

这场灾难几乎花光了家里的所有积蓄,父母为了多陪伴女儿也辞去了工作,一家人回到老家生活。

可是,身病易治,心病难医。亦可始终无法接受这个沉痛的事实,终日郁郁寡欢。

一天,亦可看到母亲坐在庭院里黯然神伤,她喊了一声:"妈。"母亲回头看着她,哽咽道:"我们就你一个女儿,你要是有个三长两短,我和你爸可怎么活啊……"

第四章
抱怨没用，这个世界靠实力说话

那一刹，亦可觉得自己不能再这样下去，她不能再让父母陪她沉浸在伤痛之中——她还年轻，还有很多愿望没实现，还要承担家庭责任。

"不管怎样，我都要站起来，要让别人看得起我。"

那一刻，亦可的生命复活了，大小事她都开始自己动手。她尝试用一只手洗衣服、做饭，还买了养殖类的书，学着帮父母养家禽，学成后还指导其他村民进行养殖。

又过了两年，亦可萌生了做小生意的念头，批发小商品赶市集去卖。那时亦可才20岁，她常常清晨5点起床，晚上8点才回家，骑着一辆电动三轮车奔波于邻近的各个集市。

"我从小就好强，不管做什么都想比别人做得好。当时我就想，别人用两只手做的事情，我一只手也能做，而且要做好。"渐渐地，亦可又找回了原来的自己，屋里屋外都能听到她爽朗的笑声。

有残疾的姑娘总是"愁嫁"的，但对于亦可而言，她却得到了理想中的婚姻和家庭，她的生活又有了新的空气和阳光。

结婚第二年，她的儿子降生了，独臂的花季少女成长为一名妻子和母亲。

然而，现实生活似乎从来没有放弃折磨她的念头。去年，丈夫被确诊为尿毒症，这个消息犹如晴天霹雳，让她一下子瘫坐在医院走廊的座椅上，半天没回过神来。

但是，生性要强的亦可再次选择了面对，因为病床上的丈夫、正在上学的孩子，还有年迈的公婆都需要她来照顾，所以她不能被打倒。

她说得没错："人都是被现实逼出来的。"

相信每一个人都有潜力，所以当你面对困境的时候不要焦躁，也许这只是生活对你的一次考验而已，相信自己能处理好一切。

3

挑战及超越自我，关键在于自信，有勇气去挑战自己的极限，挖掘自己的潜能，进而成为最好的自己。

是的，每个人都不是完美的，都有这样那样的缺点，但我们不能失去勇于挑战的勇气。你看，峭岩绝壁上一棵松树傲然挺立，艰苦的环境、贫瘠的土地并没有让它丧失

第四章
抱怨没用，这个世界靠实力说话

挑战的勇气；白雪苍茫中一丛梅花凌寒怒放，袭人的寒风、凌烈的冰水更没使它放弃迎春的信心。

心若在，梦就在。

敢于挑战自己，就要敢于去尝试。你要怀有坚不可摧的信念，相信自己的付出一定会有回报。而一份勇气则会让你像个斗士一样，去挑战各种困难与失败，或许下一个成功的人就是你。

那么，我们该如何突破自我、挑战自我，做自己命运的主人呢？

1. 实现梦想，首先要有目标

其实，敢于向自己挑战也是一种冒险。无论我们从生理上还是心理上都应该比别人多具备一点冒险精神，挑战的冒险越多，我们的收获也会越多。

2. 实现梦想的关键，在于态度

当你拥有坚强的信念，就会充满力量，就有可能创造奇迹，即使失败了又有什么关系呢？我们还有更多的时间重新再来，越是困难的事情我们越要坚持到底，一步步去实现。

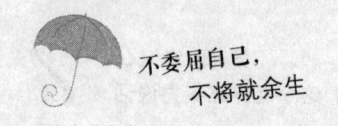

3. 实现梦想，必须有自信

挑战自我，将极大地提升你拥有幸福和成功的可能性。一切生命都有独一无二的价值，都蕴藏着巨大的潜能，如果你相信自己，那你一定不会太差。

努力的时候，千万不要说不可能或者做不到。很多高难度的事情，我们觉得它们"不可能"实现，事实上只是我们暂时还没找到解决的方法而已。

只要你还存在着，任何事情都有可能被实现。因此，不要马上否定自己，选择认真对待并坚持下来，很多"不可能"最后都会变成"可能"。

4. 挑战与超越自己，行动比语言更实在

在生活中，首先我们要学会如何挑战自己、超越自我，然后才有资格去挑战别人。也许你经过几番尝试，最终也不见得取得成功，但如果你不鼓足勇气去尝试，那你就永远没有成功的机会。

挑战自我，做自己命运的主人，就必须不断地认识自己，发掘内在的潜力，这也是成功的关键。

第四章
抱怨没用，这个世界靠实力说话

4

此时，你为什么过着自己不满意的生活呢？

因为你怕！

而挑战自己的极限，一切皆有可能。

世界上最伟大的事业，也都是由凡人一步一步地做出来的。如果我们认为一件事行不通，通常是我们对事实认识不够、经验不足或者是性格软弱而造成的。只要我们有决心改变，就能实现不可能的事。

很多人抱怨上天不赋予自己成功的机会，感慨命运如此捉弄自己。其实，机会就在我们身边，只是因为我们害怕困难自行放弃了。而这些机会一旦丧失，就很难重新拥有。

人生说长也长，说短也短，要学会挑战自我，才能做命运的主人，拥有绝对话语权，掌控自己的人生。

◇ 成为世界的"无可替代"

1

我们要认识自己、改造自己、完善自己。

的确，一个人只有认识了自己，才能更好地改造自己，起到完善自己的作用。

你真的认识自己吗？

其实，每个人都是独一无二的，都有各自不同的人生，我们无法也无须去复制别人的生活。

最重要的是，听从自己内心的安排，努力坚持，就能成为世界的"无可替代"。

我常常在想，究竟什么样的人能恰如其分地掌控自己的表现欲？

答案就是那些懂得自我、没有自卑感的人。而内心没

第四章
抱怨没用，这个世界靠实力说话

有自卑感，是因为其生命足够厚重，内心足够沉稳。他们很清楚自己想要的是什么，该为这份追求做些什么，不与人比较、不与人争夺，只为内心的那一份执着。

这个世界上最可怕的不是有人比你优秀，而是比你优秀的人比你还努力，你还有什么理由不去奋斗！

2

陈兵学的是金融专业，但他不太喜欢这个专业，毕业后找了一份电子产品销售的工作。远在老家的父亲非常自豪，夸儿子是大山里飞出的金凤凰。

可上班没到一年，陈兵就辞职了，因为他的业绩总是上不去。他发现自己腼腆的性格实在是不适合做销售员，更重要的是，他并不喜欢销售这份工作。

辞职后，陈兵去叔叔开的钢材厂上班，凭借自己的努力取得了一点成绩。

但是，父亲很担心他再次跳槽，劝他在厂里好好干，别再瞎折腾了。

陈兵却告诉父亲："这不是瞎折腾，而是做选择。我现在还年轻,即使选择错了也没关系,现在犯错是为了找到属于适合自己的路。"

虽然陈兵在钢材厂做出了点成绩,可不少同事私底下戳他脊梁骨,说他哪儿有什么真本事,要不是他叔叔是厂长,他能干好工作吗?

陈兵自尊心强,听到这些话心里很不是滋味,渐渐对工作也失去了热情。

没过多久,他再次辞职,到一家IT公司竞聘程序员,因为他的目标是成为架构工程师。

父亲知道这件事后,气得饭都吃不下,打电话骂陈兵:"放着好好的工作不干,你想干吗啊?"

"爸,您不是我,您不知道我真正想要的是什么。"

"你在你叔叔的厂里好好干,多跟他学点经验,以后好自己做点事情……"

陈兵打断父亲说:"人生如果选错了方向,停止就是进步。爸,我喜欢现在的这份工作。"

一句"我喜欢",让所有的坚持都有了存在的理由。自从陈兵成为一名架构工程师后,他愈发热爱这份职业,每天都带着激情工作,回到家后还会研究程序代码。

第四章
抱怨没用，这个世界靠实力说话

3

其实，人生的意义就在于折腾，不敢折腾的人生，只能原地踏步。

这个世界上，有很多像陈兵一样的人通过自己的努力找到了人生的方向，我们在羡慕他们的同时是否该想一想，如何找回初心，听从自己内心的安排，成为一名成功者？答案是这样的：

1. 时间有限，所以不要为别人而活

不要总是被他人的想法所左右，敢于追随自己的心灵和直觉。只有自己的心灵和直觉才是最真实的，其他都是次要的。

2. 听从内心，勇于尝试

"如果"和"结果"是两个毫不相关的词，但若是将它们放到一起，就能让你获得一种力量——如果这样做，又会有什么样的结果？

你要做的，就是勇敢地听从自己的内心。

这世上有一种人会消耗你的能量和创造力，他们的目光、语言对你毫无帮助,所以切莫被他们的言行影响。

你要让自己快乐起来,去做自己想做的事。即使有人不喜欢,也由他去吧。

快乐是一种选择,生活不是为了取悦他人。

3. 做最真实的自己

幸福不是活成别人期待的模样,而是把生活过成自己喜欢的样子。你要确认,只有你才是生活的主人。

当你不知道该如何做决定时,静下心来,直到你听见自己内心的声音为止。这不仅能改善你的生活,还能增强你在职场中的竞争力。我的老师曾说过:"人生最大的自由之一,就是不再在乎别人对你的评价。"有时你需要走出熙熙攘攘的人群,呼吸一番新鲜空气并提醒自己:我是谁,我想成为什么样的人?

生活中最美妙的事,就是听从自己内心的呼唤。

4

"人就应该做自己,而不是出卖自己去取悦别人。"这是陈兵最喜欢说的一句话。

是的，我们不能为了取悦某一个人而放弃自己的"喜欢"与梦想，更不能让别人的想法来决定自己的人生。永远不要忘记自己是谁，不要放弃自己的梦想，因为没有人比你更清楚自己想要的是什么。

你简单了，世界就对你简单。

真正幸福的人生并不在于你取得了多少成就，而在于你是否努力去实现自我、发出自己的声音、走出自己的道路。

人生是自己的，没必要把选择权交到别人手上。用自己的人生取悦别人是没有意义的，也是徒劳无功的，因为无论你怎样做，总会有人不满意。

相信，当你一直沿着自己内心的方向前进，你就已经成了这世界的"独一无二"。

◇ 别让弱点羁绊了人生，变不可能为可能

1

在社会交往的过程中，我们往往会不自觉地暴露出自身的个性弱点。那些或大或小的弱点，看似无碍，却有可能影响你的一生。

前辈会经常提醒我们，一个人要学会自省，审视自己，发挥自己的长处，正视短处，改正自己的缺点。不要让你的弱点连累了自己，你也只有克服弱点并改正它，才能重获自信，获得不一样的人生。

君子每日三省吾身，可以无悔矣。

这就是说，在日常生活中，我们需要反躬自省，及时发现并改正自己的缺点，从而取得进步。

虽然这只是一种相对的说法，而且优点和缺点也没有

具体的定义。这就好比,一个女孩的肌肉很发达,看起来不温柔,这是缺点;但如果她选择学习体育项目会拥有更大的力量,这就反而是自身的优势了。

况且,在这个世界上并没有完美的人,任何事物都有两面性。就像有句谚语所说的一样:"一千个人眼中就有一千个哈姆雷特。"换句话说,完美只是我们的一种感官、一种感性认知,但它没有具体的标准,可能你觉得眼睛小是缺点,但别人却觉得眼睛小更迷人。

2

"我不比别人差,有什么好怕的!"

这是父亲送给徐闪的一句话,很多年后徐闪都以此作为座右铭,不断地鼓励自己,大胆说话、大胆做事。渐渐地,他也明白了父亲的良苦用心:只有大胆表达自己的想法,才会知道自己的思路对不对。

上小学的时候,因为一次回答错了问题,徐闪被老师罚站了一节课,同学们都笑话他是个笨蛋。

从那以后徐闪变得很胆小,不敢与陌生人说话,做事情又害怕做不好，性格上近乎懦弱。

工作以后，徐闪也有点恐惧社交，下班后他很少和同事们聚会，回到家里就是玩手机、看电子小说。总之，他的生活平淡，工作业绩平平。

父亲告诉徐闪，在职场中，能否得到上司的重视和信任就看你够不够勇敢，你的人生才刚刚开始，应该勇敢地去争取。

渐渐地，徐闪开始积极地参与到工作当中来，每次有新的策划案，他都会积极思考，偶尔也能提出有新意的想法和意见。有时候讨论起来，大家七嘴八舌地各抒己见，但他还是不喜欢多做解释，这样就会让很多好的想法被埋没，不能引起上司的关注。

很多同事都知道他能力强，很有思想和见解，可每次在关键的时刻他就会退缩，面对上司也不敢大胆地说出自己的想法和意见。于是，一些能力不如他的人都升职了，他还在一个岗位上默默无闻，同事都为他叫屈。

前不久发生了一件事，让他彻底醒悟过来。

那次，上司让大家做一个关于国庆期间公司团建的策划案。为了这个方案，徐闪查找资料、实地考察，做了很

第四章
抱怨没用，这个世界靠实力说话

多前期的准备，并设计了一套很好的方案。

但就在团建的前几天，一个关系一般的同事突然跟他套近乎，这个同事知道他的能力，就故意与他讨论策划经验，竟轻松地套出了他的策划方案。

在公司例会上，同事做出了令上司颇为赏识的方案，而这个方案用的就是徐闪的创意。

看到同事被领导夸赞，徐闪本想争辩几句，可凭他的口舌去辩解也是徒劳。想着自己辛苦得来的设计方案却为别人的升职加薪做了嫁衣，他悔恨至极。

从那以后，徐闪开始强迫自己在公共场合讲话，并大胆地表达自己的想法。渐渐地，他的优势显露了出来，每次设计方案都思路明晰、条理清楚。很快，领导就注意到了徐闪，还让他负责重要的项目。

3

其实，生活中像徐闪一样的人有很多，他们胆子小、在公众场合不敢说话，如果他们一直这样默默无闻，永远都没有出头的机会。

良好的表现力,是一个人展示自我积极工作态度的关键,更是他获得更好职位的前提。大多取得成功的人,都敢于大胆地表现自己。

在合适的时机勇敢地表现自己,通常会产生意想不到的效果。而且,我们正处在一个营销的时代,这种营销不局限于产品,个人品质以及能力也成为职场制胜的关键。一个聪明的员工不仅要学会如何去做事,还要学会如何去表现自己,只有这样,才能让自己从众多的基层员工中脱颖而出。

上帝从不会亏待一个努力的人,所以,在看到自己弱点的同时,你也要善于发现自己的闪光点。

每个人都有弱点,就像太阳照在某个事物上总有一面是黑暗的。所以,当你看到自己的弱点时,你也要看到自己的优点,然后尝试着慢慢去改变。

有时候,烦躁与茫然只是因为你不知道怎样摆正自己的心态,并不是自暴自弃。

那么,我们该怎么办呢?

1. 正确对待自己的弱点

了解自己的弱点,然后通过自我反省,达到完善自我的目的。有些弱点在你看来是弱点，在别人眼里也许是优点，这是因人而异的。

比如，有些人性格活泼，或许你认为太活跃会让人觉得不沉稳。可在别人看来，性格开朗，善于表达，更容易脱颖而出得到别人的认可。

2.改变自己

我们想拥有一份体面的生活、想得到一份温情的爱，那就从当下开始努力，勤修苦练。决定我们人生高度的绝对不是能力，而是格局，如果觉得现在的自己还有这样那样的问题，那就试着去改变，不要故步自封。

努力尝试一些新事物，上帝就会给你展示一个崭新的自己。活着不仅是为了活着本身，还是一种自我修炼与成长，因为你的格局终将决定你要去向哪里。

3.培养耐心与意志力

如果做一件事没有成功，很多人会认为是因为自己的弱点变成了缺点，最后变成了障碍。

其实，一件事没有成功，最大的问题是你没有足够的耐心以及自制力。解决的唯一办法就是行动，剩下的交给时间就好了。

4

弱点不是"病",它只是我们脑海里的一种潜意识,其实它并不可怕,可怕的是我们对某些弱点或者缺点浑然不觉。而你也要明白,逃避不能解决任何问题,与其回避,不如正视它,然后战胜它。

成功不是成功者或者哪一类人的专利,如果能克服弱点、克服心理障碍,像徐闪那样因为小时候的心理阴影而一直不敢说话的人,同样能取得成功。俗话说人无完人,只要你摆正自己的心态,同样能做得很好。

梵高说得没错:"每个人的心里都有一团火,路过的人只看到烟。"即便如此,我们也应该积极开垦自己的天地,拓展自己的方圆,收获不一样的精彩。

格局就是你对这个世界的认知程度。面对困难,你坚守的原则、采取的行动都决定了你的人生格局,而这格局也决定了你人生的高度。

不念过往,不畏将来。

从现在开始进取吧,变不可能为可能。

第四章
抱怨没用,这个世界靠实力说话

◇ **你最大的敌人,是自己**

1

在人的一生中,我们会遇到很多敌人,虽然不像战场上的硝烟,但也同样让人忙碌疲惫,而这最大的敌人就是自己。

你能够做的或者你想要做的,都要努力去实践。但在过程中总会有软弱的时候,还未达到目标却又想着放弃,那个罪魁祸首也是你自己。

很多事情都是这样,就拿减肥的事情来说,我下了很大决心,但当去实施的时候却退缩了,因为挡不住美食的诱惑,克服不了自己想吃的欲望。而有些绝症患者能够获得重生,也是因为自己坚强的意志。

别让自己成为被世界鄙视的人,还好,大部分人都没有因为生活的种种不堪而攒下满身的戾气,变成一个愤世妒俗的刻薄之人。

永不放弃是我们做事该有的原则,在人生的道路上,你永远不要心怀侥幸心理,幻想着哪天天上会掉馅饼。宁愿把每一天当成生命的最后一天来过,也不要活在遥遥无期的迷茫与彷徨中,因为我们只有这一辈子。

所以,无论什么事,我们都要勇敢地去做、去尝试,不留遗憾。

2

那些日子,晚上7点多,小颜还在街上派发传单。

"您好,外语培训班,需要了解一下吗?"

腊月的北京冷得让人心怯,面对路人的不屑,小颜脸上的笑容却一直保持在最佳状态。雪越来越稠密,脚都快冻僵了,可她依然坚持着将传单派送完,以推广自己创办的外语培训班。

一年前,小颜就萌生办培训班的想法。可母亲不同意,觉得有份工作就行了,不要瞎折腾。

第 四 章
抱怨没用，这个世界靠实力说话

可小颜就想趁着年轻再折腾折腾，她一边为创办培训班筹集资金以及做好各方面的准备工作，一边尽最大的能力为培训班做宣传。没有钱做广告，她就和朋友一起到地铁站、公交站、商贸中心发传单。

她担心过钱的问题，也担心过自己会因无法承受压力而退缩。后来她想明白了，创业最坏的结果就是将这两年的积蓄全部赔进去，自己会变得一无所有。但自己还年轻，一无所有怕什么。

经过5个月的筹备，阳光英语培训班正式启动了。在培训班的启动仪式上，小颜笑得很灿烂。

可培训班没开多久，小颜就遇到了竞争对手多、周转资金少、师资力量薄弱、招生难等问题，一时间经营危机接踵而来。但小颜并没有退缩，她坦言，自己会坚持为事业拼搏，做自己喜欢的事情。

为了提高市场竞争力，小颜改变了公司的运营模式，她不再注重培训班能挣多少钱，实施"曲线救班"——与学生搞好关系，提高学生的外语水平。

其实，以前小颜也是一个不太善于社交的人，在推广课程时，她一直鼓励自己"没什么不好意思的""勇敢点，才能将自己大大方方地展现在学生面前。"

小颜还经常利用课余时间教学生怎么进行外语演讲，一年后，在她的帮助下，一名名学生都掌握了外语的应用问题。

付出终于得到回报，小颜用自己的行动为培训班积累了良好的口碑，之后报名的学生越来越多。

3

网上有这么一句话：这个世界上有很多敌人，外面的敌人兵临城下，声声号角连营，很好防备，而内心的敌人才最可怕。"敌人"潜伏在内心最深处，就像特洛伊战争的木马，在悄无声息中已经占据你生命的城池，时时都可能将你打败。

你的心有多宽，你的舞台就有多大，而格局的大小则决定你心的宽度。

在社会不断发展的今天，我们该如何立足？答案只有一个：在社会强大的同时，以更快的速度强化自己。为了避免这样那样的窘境，我们就必须认清自我，坚定信念。

第四章
抱怨没用，这个世界靠实力说话

也许你会觉得苦和累，但你会得到一个美好的明天。

1. 心理素质的提高

你要想变得更加强大，首先要有强大的心理素质，不卑不亢，有恒心，积极向上。

忠诚、信誉是一个人的名片，也是公司最看重的地方，这样的人不管在什么地方都会受到欢迎。品性培养其实是一种投资，最终你会作为一个可以信赖的人收到回报。

2. 养成良好的品性

逃避责任很简单，而承担责任就意味着你要付出很大的代价，这是一种考验。

人性的强大和懦弱是两种截然相反的特点，面对它，解决它，不论你要付出多大的代价，这都是你的责任，不可推卸。当一切过去后，你会得到又一次的升华。

任何有良好品德的人，都能获得良好的人际关系网。尽管这种人脉不是一朝一夕仅凭外貌就能建立起来的，它需要几年甚至十几年，但它将会成为你强大的社会资源。

一个人做事不可能面面俱到，你需要帮手。而人脉能成为你人际关系上的帮手，也会给你工作上提供新创意、新建议。

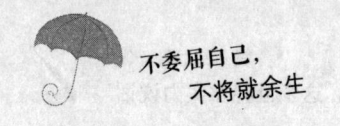

3.正视自己,发挥优势

正视自己,了解自己的优点、缺点和弱点,以便深层次地挖掘潜力,相信天生我材必有用,发挥自己的优势。

4

一切幸运并非没有烦恼,而一切厄运也并非没有希望。"祸兮,福之所倚;福兮,祸之所伏。"任何事情都没有绝对,所以,只要你坚定信念,并将信念作为一面旗帜,厄运与困难就会迎刃而解,烦恼和痛苦也会烟消云散。

科学家研究发现,大脑还有着巨大的潜力,人对大脑潜力的利用远不到10%。你要相信自己有着巨大的潜能,只有努力,也只有你才能可以掌控自己的世界。

我相信,努力的人生都不会太坏!

第四章
抱怨没用，这个世界靠实力说话

◇ 你自以为的上限，不过是别人的起点

1

一个网友发微博说："公司买了一台智能机器人，再不努力就要失业了！"

他说得没错，生活在科技时代，如果我们不能提高工作效率，将来很可能被智能机器人淘汰。

2

周洁大学毕业后，到一家公司应聘人力资源管理职位，虽然顺利通过笔试、面试，在终试时却失败了——HR录用了另外两名会三国语言的研究生。

第一次应聘失败让周洁有些灰心，这也让她发现了自

己的不足。

朋友询问她面试结果,她说:"有些不甘心,但又输得心服口服。"

朋友安慰说:"现在招工的公司很多,总有适合你的。"其实,大家心里都清楚,求职路不可能是平坦的。

不久,周洁听说众如集团招聘总经理助理,就打算去试试。做好充足的准备工作后,她在网上投递了简历。

朋友们都觉得周洁这次定能顺利通过,可令人意外的是,她再次失败了——不是她多差,一路笔试、面试,她都是应聘中的佼佼者,只因老总最后说了这样一句话:"男同志带出去方便一些。"

这个原因有些好笑,但应聘失利是事实。朋友鼓励她:"我相信你行的!"

但周洁依然"不行",前后求职了很多次,最后都以失败而告终。但是,不管事实多么残酷、不管曾经经历了多少失败,周洁依然忙着学习,忙着求职。

"我现在是越挫越勇,不怕!"每次,周洁都这样鼓励自己。

一段时间后,她终于顺利进入到一家主产电板的科技公司，但工资不高，刚够养活自己。工作辛苦是辛苦，但是她坚持了下来，而且一干就是6年。其间，她从一个普通职员升到总经理助理。

从入职那天起，周洁就给自己定了阶段目标，具体到每周、每月要达到什么样的成绩和效果。她把每天的进步都牢牢地记在了心里，总结工作经验，督促自己。

很快，领导就注意到了她，并夸奖她是个有能力、有责任心的好苗子。

3

我们成长的意义就是通过认识自我，然后不断地挑战自我、超越自我。俗话说："谦受益，满招损。"这其实是在告诫人们不要满足于现状，要追求新的人生奋斗目标，使自己不断成长。从心理学角度来看，成长就是一个追逐自我变化的过程。心理学家马斯洛也认为，不断地挑战自我、实现自我，是人的基本需求之一。

那么，如何才能让自己更优秀呢？

1. 树立正确的人生观，始终保持开阔的心胸对于人生，除了要读万卷书以外，还要行万里路——要多出去开阔一下眼界，然后提高对心理冲突和挫折的忍受力。这就要求你热爱生活、热爱学习。

为了梦想，我们应该比别人更努力。

2. 提高交际能力

人类是社会性群居动物，而每个人的成长都离不开周围的人和事，以及身后庞大的社交环境。所以，我们一定要加强与外界的交往，在与他人交往过程中，不断学习他们的优点，弥补自身的不足。

3. 多结交朋友

近朱者赤。多结交一些志同道合的朋友能提高我们的社交能力，让我们变得更加优秀。当我们有过失的时候，朋友会给予我们提醒和帮助，让我们不断进步。

4

其实，在人生的道路上取得成就并不难，难得的是如何不断进步，突破自我。

对于努力，永远不要满足。如果你能把自己努力的状态维持两三个月，那你就不会对生活感到迷茫、不会羡慕别人的励志人生。因为别人的人生根本没什么可羡慕的，通过努力，你也能得到自己想要的一切。

坚信努力，你终将成为打不死的小强，活出让众人仰慕的模样。

◇ 你不是讨厌工作，而是没做好选择

1

俗话说："男怕入错行，女怕嫁错郎。"可见，职业的选择真的并非易事。

虽然每个人都希望自己的职业生涯一帆风顺，但根据自己以及他人的经历可以看出，选择一份能受用一生的职业，必须慎重——当很多人频繁跳槽、踏足多个行业却一无所获时，这就要自省自己适合干什么工作了。

我们在面试时,经常会遇到这样的问题:我和他学历一样高,实力也不分伯仲,为什么 HR 聘用他,而放弃我?

为了找到答案,我特意询问了做 HR 的朋友。朋友说,当两个人实力相当时,她会录用对自己充满信心的人。

确实如此。如果你都不能肯定自己,别人又怎么能肯定你,给你展示自我的机会呢?

那么,人们在什么情况下会对自己充满信心呢?

首先,了解自己的优势;其次,处于自己擅长的领域。因此,我们在投递简历前,要先对自己的能力进行评估,然后再选择适合自己、自己喜欢的职业。如此,不但面试成功的几率会大大提高,并且在以后的工作中你也能保持热忱,充满信心。

2

前段时间,王梓被一家 500 强公司录用了。收到 Offer 的时候,她也很意外,因为她学历平平,原本只是抱着试试的心态去参加面试的,没想到居然成功了。

在众多面试者中,王梓并不算出类拔萃,那她是怎么

第四章
抱怨没用，这个世界靠实力说话

在这次招聘中脱颖而出的呢？

王梓面试的职位是经理助理，她写得一手好字，在填表、签字时都很认真地书写。相比其他面试者的连笔字，面试官一下子就记住了她，觉得她是一个能对工作认真负责的女孩子。

事实证明，面试官的眼力不错。王梓上班后，对于经理交代的工作都会认真完成，经理对她也越来越认可，还经常指出她工作上的不足，帮助她提升个人能力。

很多人都觉得王梓很幸运，其实这都是她对自己负责、对工作负责的结果。

有一次公司聚餐，经理提起当初为什么选择王梓，他说虽然王梓不是最拔尖的，但是通过她认真填写表格以及书写的字体，能够看出她的态度是最端正的。

从我们一出生，除了父母不能选择外，所有的一切都可以选择——选择好的学校、选择好的专业、选择好的工作、选择好的家电、选择自己喜欢的人，等等。选择非常重要，你做出什么样的选择，就会拥有什么的人生。

比如，你在一家公司上班，转正后，你发现公司还不跟你签劳务合同，待遇也没提高，工作繁重、压力大，而

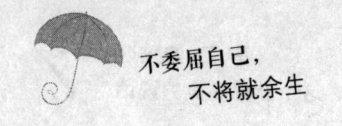

且领导不近人情。这时,你就面临着选择:继续做这份充满抱怨的工作,还是辞职另寻高就?

如果你想让生活变得更美好,那就应该选择后者。

3

职场如同战场,不少人都因为工作不适合自己而没有做出成绩,被同事排挤,最后还被公司辞退。

其实,选择适合自己的工作,就像在做选择题。学会分析自己与工作的匹配度,就能轻松找到适合自己的工作。

1. 职业与兴趣

如果回到学生时代,我第一件想要知道的事情,就是我能有哪些选择?

不用着急决定自己的终身职业,而是去发现自己喜欢什么——因为只有做喜欢的事情,才有可能在这个领域不断取得进步。

选择一份工作时,首先考虑一下这是不是自己所喜欢的,若是对从事的工作没有一点兴趣,每天带着厌烦的心理去上班，就可能让自己对工作产生抗拒。这样日日添堵的工作，将来肯定也好不到哪儿去。

2. 职业与特长

选择职业的时候，看这份职业是否是你的专长。如果说这份工作是你喜爱并且擅长的，工作起来肯定会事半功倍，更容易达到领导的要求，让自己的职业生涯过得风生水起。

3. 职业的合适性

如果个人选择的工作各方面都很好，但本人性格或能力根本就不适合从事这份工作，那么，也不要选择它。

比如，性格内向的人最好不要去做业务员，性格外向的人最好不要去做撰稿人，五音不全的人再怎么努力也成不了歌手。

选择职业时肯定要考虑实际问题。比如工资要达到自己的要求，比如喜欢公司离家近，比如喜欢轻松点的工作。这些实际的要求都考虑到了，你才能安心地投入工作。

4

为什么在工作面前不能将就？

选择一份喜欢的工作会产生一种冲劲，这也算是一种人生姿态。它代表着一个人对工作的执着和热情，也代表你一定能收获一个美好的未来。

选择工作的时候，也就选择了自己的生活方式。如果你从事一份自己不喜欢的工作，那你可能就得花时间去应付不想要的生活，因为你得活着，并且想活得很好。

为了这份渴望，我们时刻准备着。可有些人觉得准备阶段是在浪费时间，只有当真正的机会来临，而自己却没能力把握的时候，才觉悟到自己平时没有准备才是浪费了时间。

迟吗？

不迟！

任何时刻，上帝都会眷顾那些有准备的人。

如果你时刻为自己充电，深化学习，不断提高自己的认知水平——个人价值被提升了，那么选择职业时你就能充满底气，进而能形成自身的大格局。

任何一家公司都希望留住人才，希望你是其中之一。

◇ 追随内心，做最钟爱的事情

1

人生中最重要的，就是不管外界如何变幻莫测，我们都能听从内心的呼唤，做最真实的自己。

心理学家马斯洛认为：最高级的心理需要，是自我实现的需要。

自我实现需要的意义，就是让自己与别人不同。为了满足父母的期望、满足自己的虚荣心，考公务员或做生意都无可厚非。但是，这些职业你真的喜欢吗？当目标与内心需求产生矛盾时，我们该如何选择？

答案是：跟随自己的心。

"唯有做真实的自己时,才能够感受到生命的力量。"我一直相信,真实就是一种力量,是最美好的东西之一。

2

陈妙从小就想当医生,不顾家人反对报了医学院,毕业后在某医院内科实习。当医生很辛苦,没有固定的作息时间,经常饭吃到一半就被叫回科室,但是陈妙喜欢这个职业,凭借自己的努力终于成了一名主治医师。

记得有一次,陈妙上一天班累得不行,回到宿舍吃了两口方便面,洗完澡爬上床就睡着了。凌晨两点多,她接到同事打来的电话,让她马上到医院出急诊。她一骨碌爬下床,穿好衣服就冲出家门。

类似的情况时有发生,这份工作累吗?

很累,可这是她最理想的工作,辛苦并幸福着。

3

有人说,先谋生,再谋生活。于是,很多人选择了待

第四章
抱怨没用，这个世界靠实力说话

遇不错但自己并不喜欢的工作。时间长了，你就会发现，他们的激情渐渐消退，取而代之的是满腹牢骚。

其实，你完全可以一边谋生，一边谋生活。做自己热爱的工作，这样你会在工作中长期保持激情，更容易得到他人的认可，这样你所有的努力都不会白费。

可惜的是，很多人都不敢听从自己内心的声音，担心"如果怎么怎么样，将来会怎么样"。所以，这些人都选择听从父母的安排，做别人要求他们做的事。

那么，我们想要追随内心做最真实的自己，需要进行哪几个方面的自我认知呢？

1. 了解自我

我是一个怎样的人？

这是一个看似简单的问题，但在现实生活中，一个人要做到全面认识自我却不是一件容易的事——认识自己是一个怎样的人？想拥有什么？可以改变什么？可以选择什么？

人的一生中，有些事情是不能自己去选择的，比如，你的出生环境、家庭背景以及曾经所接受过的教育，但一个人的才华和学识是可以通过努力获得的。所以，当我们

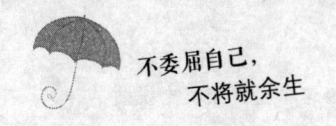

了解了自己后，才能进行自身的"修补"。

2. 明白自己所处的位置

一个人在哪里并不重要，重要的是，哪一块土壤更适合自己的生存和发展。

在生命的成长过程中，每个人都至少有一个永恒的目标。这个目标不会受到任何地域和时间的限制，只要我们想去做，无论在哪里，我们都能找到适合自己施展拳脚的地方，实现心中的那个梦。

3. 清楚自己在追求什么

你最想要的是什么？

许多人都渴望拥有完满的人生——顺心的工作、体贴的伴侣、幸福的家庭。当然，有的人还期望自己拥有高薪、房子、车子，最好还能拥有一张永远都不会衰老的面孔。

可现实很残酷，并不是事事都能完美。有一点很重要，就是你必须知道自己想要什么、你孜孜追求的是什么。

这是人生的目标，是一个标杆，它时刻能防止你的人生跑偏。

第四章
抱怨没用，这个世界靠实力说话

4

当一个人有了精神坐标，无论走多远，他都能够找到回家的路。

很多人都喜欢问生活的真谛是什么。

起初我会觉得很可笑，此刻，静下心来却发现：人生的真谛，就是在多年之后依然能够遵从本心，做自己喜欢做的事情。

第五章
迎合他人，就等于亏待自己

时间就是生命，它不可逆转，也无法取代。掌控时间就是掌握自己的生命，并将自我价值发挥到极限。当你学会掌控自己的时间时，便能从生活中获得更多益处。

◇ 时间的格局：为每一秒增值

1

不知道你有没有意识到，我们每天都在做很多次关于时间的决定。

比如一早醒来，你就会想今天的日程安排，而日程安排实际上就是时间的规划。每天除了固定的工作和学习时间，你所要面临的还有休息时间，包括吃饭、睡觉、逛街，也只有这些时间可以让你自由支配——显然，你的命运也就在这些不经意的决策中被勾勒了出来。

我的导师说过，严谨的时间管理一定能塑造严谨的人格，打造出辉煌的人生。只不过我们在时间使用上的随意性，远远超出了自己的想象，所以我们的人生也就展现出了很多随意性。但这些后果往往都不是我们想要的，所以

我们懊恼，甚至对自己失望。

当然，如果你没有按照计划完成任务或使命，你就无法奢望用你的"修炼"来构建生命。不信你可以问一问自己，你的时间是否是按照计划来使用的？

生活中，有三样东西时刻左右着我们的时间使用决定：习惯、情绪和理性。事实上，时间管理最主要的冲突就是我们的理性和情绪。

一方面，我们会做让自己感觉很舒服的事情；另一方面，理性又会要求我们走出舒适圈去做自己想做的事情。众所周知，只顾眼前舒服的人通常会一事无成，而且还可能因为铤而走险而酿成悲剧。

但是，那些有境界的人通常能约束自己，牺牲眼前的快乐，把时间和精力投入到工作中，他们知道上帝总是喜欢眷顾那些努力的人。

2

如何提高自我管理、如何提升自我价值，首先就要学会管理时间。常说"早起的人有钱赚"，可惜当下很多人

第 五 章
迎合他人，就等于亏待自己

并不明白这样的道理，就像我的同事朱茂，明明很努力，怎么就被老板炒鱿鱼了呢？

我和朱茂所在的部门不同，中午休息时偶尔才会遇见。有一次，我在餐厅碰到他，便笑着问道："最近在忙什么呀，怎么下班的时候我都没看到过你呀？"

他笑着挠挠头，支支吾吾地说："也没忙什么，就是经常加班，有时候晚上9点多才下班呢。"

"哎呀，你们部门最近这么忙呀！"

在大家的印象中，朱茂工作很勤勉，常常主动要求加班。每天他都在跑来跑去，做各种各样的琐碎工作。他很好学，常常会向同事请教专业问题，可每次经他接手的工作总会出现一些问题或被延迟。比如，有时第二天开会需要准备的会议资料，当天晚上下班前还没准备好。

其实，遇到不懂的问题，朱茂也会虚心请教别人，但是他总问不到点子上。大量时间都在做重复性的工作，讨论一个毫无意义的方案，一个修改了十几次的PPT，做到最后却没有任何进展。

有一次，他加班到深夜两点多，在回去的路上看着安静的城市，无限感慨，就拍了几张夜景图发在朋友圈，下面标注:"凌晨两点的北京,很安静。"

第二天,很多人问他,凌晨两点前的时间你去干吗了?他却一句也答不上来。

没过半年,朱茂辞职了。我知道他并不想离开,只是在这个狭小的办公室里再也没有他的位置了。

在办公大楼门口,他拉着我追问:"我将所有的时间都用在了工作上,加班也最多,为什么离开的是我?"

我反问他:"可你的时间到底用在哪里了?"

3

职场中像朱茂一样的人并不少见,毕竟在办公室这种环境氛围中,不忙是可耻的。然而有的人是真忙,有的人是装忙,也有一些人是在瞎忙。

法国作家蒙田曾说过:"如果你懂得如何思考和安排你的生活,你就完成了一项最伟大的工作。"

有专业机构也曾做过一份调查,发现超过30%的职场人表示,他们根本不知道自己每天都在忙什么。这也恰好解释了,为什么越来越多的人感叹自己整天都在忙忙碌碌,

第五章
迎合他人，就等于亏待自己

但似乎又总是碌碌无为。

为什么要掌控时间？因为它能让我们得到更高的回报。

时间就是生命，它不可逆转，也无法取代。掌控时间就是掌握自己的生命，并将自我价值发挥到极限。当你学会掌控自己的时间时，便能从生活中获得更多益处。

4

其实，每个人都能做到合理地利用时间，让时间成为自己进步的工具，通过它来实现自己的人生目标。

那么，如何更加有效地工作与生活、有更多的时间去完成以前因为"没时间"而一直被推迟的计划和梦想呢？

1. 每天都列出计划

为防止因计划时间太短而带来庞大压力，可把目标分为长期和短期两种。

长期目标尽量要具体，但不必过于详细，可在日历上记下所有的完成期限。而短期目标则记在每周及每日的预定计划行事表上。接下来，把每天的时间分成几个区段，尽量在体力和脑力高峰期执行最重要的任务。

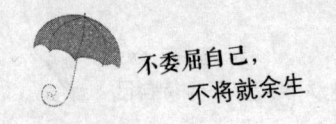

当然，在学习中不可避免会有一些干扰，但是，只要你按照预定的时间表做事，这些干扰应该不至于造成太大的问题。

2. 拟订计划表

列出所有要做的事，按照重要性排列顺序，然后列到你的时间表上。

时间表上的各项时间段可以作为每项工作的完成期限，每天都坚持检查进度，看看自己如何妥善地运用时间，然后再看看有没有需要调整的地方。

我们经常会觉得工作忙，还有很多事情来不及做，每天都在忙碌的状态里。这是因为没把一天的时间安排好，没把重要的任务安排好，所以，合理的规划至关重要。

想要做到事半功倍，就需要有一个科学、合理的规划。从每天开始、从每月开始、从每年开始，或者从此刻开始，珍惜生命赋予我们的时间，同时在有限的时间里做更多有意义的事情。

3. 先做重要的事情

在日常的工作中，很多人都觉得自己有很多任务没有足够的时间来完成。其实，这是因为你没有提前做好安排。

如果你能掌握重点，合理规划，那么你的计划就不会出现偏差。

根据自己的实际情况确定优先次序，再确立工作次序。因为，一旦一项重要的计划没有及时完成，就会影响到其他计划的执行。所以，要先完成重要的工作，然后再去做次要的工作。

4. 现在就行动，并设定期限

很多人把时间浪费在了"开始"上，很长时间都无法进入状态。或者说，做一件事情，他们花费了很多时间去准备，以致没有多余的时间去完成这件事。如果立即着手行动，你就会惊奇地发现自己干得非常快。

5

设定时间期限能让你快速进入状态，减少因追求完美而可能导致的拖延。再者，因为有时间期限，你会强迫自己认真、专心地工作。

掌握好时间，就能够轻松地掌控自己的生活，让你对每一件事情都能游刃有余。而这种掌控力，不仅能让你高效地完成手头工作，还能让你更加灵活地处理问题，提高工作的积极性。而你的这种思维格局，则决定了你的人生高度。

学会掌控时间吧，让时间塑造不一样的人生，让你"忙"出意义、"忙"出精彩，让你不再"白忙"。

我们相信时间的力量定能创造出不一样的人生大格局、不一样的精彩人生。

◇ 专注，是你人生最美的姿态

1

专注是每个人都该修炼的品质。

小时候很多人都很调皮，做事不认真又怕被责骂，所以时不时地撒点小谎让父母心慈手软。长大了，好吃好玩地混日子，渐渐地你开始迷茫了：我该干吗呢？还能做些

第 五 章
迎合他人，就等于亏待自己

什么呢？是继续学习还是去上班？是去外企面试还是自主创业？

想着想着，你停下了脚步。

你为什么不尝试着去改变自己的现状呢？

如果你想拥有一个体面的人生，那就从当下开始，播种梦想并且精耕细作，勤修苦练，想办法去改变自己。

别活得那么潦草，当你发现时间是个贼时，它早已偷光了你所有的机遇。

你说，你自己只想成为一个平凡人，结果却成了一个庸俗到让人生厌的人。

此时，如果你不转变思想，那你就废了。

我想大家都很熟悉订书针，它是工作中常用到的办公用品。可你有没有想过，上百张纸放在一起，连锋利的刀也不容易一次性穿过，为什么看起来也不怎么坚硬的订书针居然能够一下子穿透？

真正的原因，是它把所有的力量都集中在两个点上。

其实，这个世界上有很多人看起来很聪明，可往往到最后他们并非都能成功；而有些人看来没什么了不得的才能，却能成就一番宏图大业。因为，这些人就像订书针一

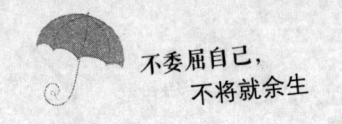

样——认清目标，集中全力，不彷徨、不迟疑，奋斗到底。

或许当你下定决心去做一些事情、敢于尝试一些新鲜的事情时，你就会遇见一个崭新的自己。

我坚信，当你开始静下心来学会思考和自省、对每一件事都投以最大的热情，并专注地去做这件事时，你的生活就会变得不一样。

人生本来就很短暂，哪有那么多时间让你迷茫！

2

赵信小时候就对音乐表现出浓厚的兴趣。8岁那年，他对父亲说："爸爸，我想要一架钢琴。"可父亲并不同意赵信学琴，因为他的右腿患有肌肉萎缩，踩钢琴踏板困难，可他就想学钢琴。

父亲劝赵信学其他才艺，但赵信坚定地说："残疾的只是身体，我的大脑没问题。"

无奈之下，父亲找人设计出一套特殊的辅助器，使他的脚较容易牵动钢琴踏板。尽管如此，他仍经常往返于医院和家之间。

第五章
迎合他人，就等于亏待自己

每次朋友来看望赵信时，总能看到他在弹琴。朋友认为人生是多彩的，应该好好享受，而不是像赵信这样一门心思扑在一件事情上。但赵信觉得，要想成为最棒的自己，就要专注于一件事情。

前几年，赵信在上海黄浦区举行的某次钢琴比赛中，获得了成人组第一名的好成绩。

幸运的是，在那次比赛中，有一位知名的钢琴老师看中了他，并决定做他的特教。在老师的悉心培养下，赵信在这条路上越走越远。

3

专注是一种生活态度，如果这是你的态度，请好好坚持，因为它会加快美好时光来临的步伐。而我们想要的、渴望的，都会如期而至。

盛大网络董事长兼首席执行官陈天桥曾告诉记者，他认为成功的人在很大程度上都是"偏执狂"，他们如果看准了一件事，就会一直坚持下去，不会轻易放弃，也不会轻易改变方向，直到有所收获。

那么，我们如何才能做到专注，如何做才算是专注呢？

1. 发挥积极目标的最大力量

当你给自己设定一个积极的目标并专心去做时，你就会发现，自己能在非常短的时间内集中注意力。

2. 培养对事物的兴趣

如果这件事是你喜欢的，那你就会把它做好。但是，生活中也有很多自己不愿意去做的事，如果要去做，就要不断勉励自己，培养自己对此事的兴趣。当你产生兴趣后，就会给自己设置更多训练的方式，然后在短时间内达到很好的效果。

3. 排除外界干扰

如果你认为一件事非常重要，就会积极地去完成它。如果你打心眼里就认为这件事无足轻重，又怎么可能专注地去完成呢？

在完成一件事时，你一定要集中精力，不被无关紧要的事情所干扰。比如，你上网原本是为了查找资料，但打开电脑却又被电视剧或时事新闻所吸引，几个小时过去了，事情是做了不少，却没有一件是正事。相信很多人都有过类似的经历。

第五章
迎合他人，就等于亏待自己

千万不要受自己和他人的不良暗示，要有自信，更要有排除干扰的能力。

4. 用行动证明自己的能力与价值

看一个人有没有价值，我们是通过他所做的事情来判断的——能做成多大的事，就有多大的价值。因此，你可以先选择一件自己比较有把握也比较有意义的事情去做，以此来证实自己的价值。

4

在求职中，你可以优先选择在自己能力范围之内或者是自己喜欢的工作，这样更容易成功，也更能提高自己的自信心。

倘若你在职场中选择了自己不擅长的工作领域，也不必太沮丧，没有哪个人天生就是成功者，谁都是在职场中一步步成长起来的。当你通过自己的努力与坚持一步步走向成功时，你还有什么理由去怀疑自己的能力？

如果一个人能始终专注于一件事，那么他势必会是一个有成就的人。然而，大多数人很难做到这一点，因为他们始终找不到自己的人生方向,不知道自己到底适合做什么、喜欢做什么以及能做什么。

人生如此短暂,哪有那么多时间让你去彷徨。所以,选择去做对于自己而言是最重要的事,并全心投入其中。你不能随便分配你的精力,一时东一时西,摸不清楚方向只会使你自己陷入混乱,降低效率。

记住,成功的第一要素是什么?

两个字:专注!

◇ 你怎么过一天,就怎么过一生

1

知名作家蒋勋说:"生活的美学,旨在抵抗一个字——忙。"

如果我们忙碌到顾不上跟家人吃晚餐,顾不上跟朋友

第五章
迎合他人，就等于亏待自己

逛街、喝咖啡，顾不上跟爱人说情话，顾不上去看一看"诗和远方"，那么，我们的忙又有什么意义呢？

有人说，忙是为了生存，是为了家人的温饱与幸福。这个答案无可厚非，但是，你若因为忙而忽略了享受一些美好时光，或者说因为忙而错过、失去了一些美好时光，那么，你的忙、你的辛苦、你的加班熬夜都是无用功，毫无价值可言。

这是一个现实的社会，如果你终日忙忙碌碌，却没有任何可以与之等价交换的物质或精神层面的东西，那你的行为就毫无意义。归根结底，你这是在白忙活。

不懂得管理时间和精力，以及更好地规划人生，结果就只有平庸。

这更是一个平等的社会——先占先得，不管基于伦理还是道德层面而言，这都是实用的，也是公平的。

常言道："机遇留给那些有准备的人。"你的确在忙，但如果你终日白忙、毫无业绩，那些好的机遇和工作只会留给能忙出成绩来的人。

老板不是慈善家，他们要的是高效率的执行者，因为能给公司带来经济效益。你不能，那就出局，他们是绝不会重用那些占着位置不干活的人。

钱,是最粗俗的表达方式,但也是最具现实性的表达方式。

你升职了吗?你有钱吗?你换房子了吗?你的努力有用吗?你的那些忙碌,形成了哪些等价交换呢?

我希望能听到肯定的声音。

人生看似漫长,却是短短几个阶段而已,千万不要让自己总是生活在悔恨的日子里。不要沦陷在碌碌无为中,趁着年轻要竭尽全力成就自己,你怎么过的一天,就将怎么过这一生。

2

未来的你会变成什么模样?你想变成什么样子?应该不会是你现在忙忙碌碌而又碌碌无为的糟糕样子。

那晚,父亲就这么问儿子沈瑞泽的,可惜并没有得到任何答案。

沈瑞泽整天忙忙碌碌,可到最后也只是碌碌无为罢了,可惜他浪费了人生的大好时光。他在一家上市公司做

第五章
迎合他人，就等于亏待自己

营销部门的营销专员，除了工作忙一点，没什么别的烦恼，薪水待遇都算得上行业的佼佼者。

起床、上班、外出拜访客户、处理文件、参加会议、在微信群里说几句话，然后下班。下班后跟朋友聚会聊天，晚上睡觉前再看看微博，吐槽各种八卦新闻。再看时间，不知不觉到了晚上12点，发条朋友圈："又是忙碌而充实的一天！"睡觉，一天结束。

这就是沈瑞泽的现状，可是他在这样的"忙碌"里能有多少收获呢？

在领导和同事的眼中，他总是看起来很忙，但每周的周末总结却仿佛白忙了一场——资料整理了十几遍、策划点子想了七八个，却始终不能拿出一个行之有效的方案来。我时常会在朋友圈里看到他加班到深夜的自拍图片，但他的业绩依然在原地踏步。

为什么？

其实，沈瑞泽只是看起来很忙，他不懂怎样高效工作，于是在重复性的事情上浪费了自己的时间和精力。

比如做一个毫无新意的方案，或者参加每周的例会，企图用这种表面的忙碌来证明自己的努力。他不仅想感动自己，甚至还企图感动别人。而可怕的是，这种庸庸碌碌第二天还在继续，整个人仿佛成了一个旋转的陀螺，生活则成了机械化完成的程序。

去年营销部门竞职总监，沈瑞泽再次失败。他拿着辞职信在朋友的家里待了一晚上，喝了几瓶啤酒。

"为什么不是我？"

"为什么就是你呢？"朋友反问，"这世间成功的人那么多，为什么不是你？失败的人也那么多，为什么不能是你？"

朋友说到这里，沈瑞泽一下子就蔫了："难道我做错了吗？努力了这么多年，为什么到现在依然一事无成？"

"也许你一直都是在白忙吧？"

沈瑞泽沉默了。

3

现在很多人都说："工作太忙了，我每天活得像个陀螺。"但是，此时的你是真的努力了，还是看起来很忙？你是否因为不讲方式方法而做了很多无用功？

第五章
迎合他人，就等于亏待自己

那么，该如何忙，才能提高自己的工作效率，提高人生价值？

1. 自信，敢于在人群中表现自己

没有人天生就是赢家，要勇敢地面对和接受自身的不足。如果你把缺点当作自卑的借口，那就错了。

但很多人由于自信心不够，在人多的地方往往选择沉默。可是，你越是沉默就越会害怕，所以要敢于突破自己，跨出第一步。走出去之后你会发现，原来也不是这么难，自信便油然而生。

2. 努力，在工作中获得认可和肯定

合理规划，改变忙而无序的状态，成就高效能人生。远离低质量的勤奋，因为那是比懒惰更为可怕的行为。懒惰，浪费的只是这大好时光，个人身体与精神不会有太大的损失。但做无用功的人生常态，却会让你的人生一直处于被动，甚至崩溃状态。

作为职场人，首先要敢于承担责任，不断寻求进步，慢慢地就会受到同事的认可和领导的表扬。

3. 主动学习，而不是被动学习

在任何工作领域都要学会动脑筋，及时给自己充电，而不是为完成任务才去学习某方面的知识。

4

必须承认,绝大多数人真的没有那么忙,你只是看起来很忙而已。赤裸裸的职场竞争会残忍地告诉你,没有成绩的忙碌就是白忙。

你觉得老板太武断,可你也必须承认,任何一家以盈利为目的的公司,老板要的只是结果。就像一名学生,10年寒窗苦读,最终判断他学习优劣的就是那一张毕业证书。

请问,你拿什么为自己辩护?

你会说我如何如何刻苦,抱歉,这都不是重点——对这种老太太裹脚布般的长篇大论,谁都不会感兴趣。不要用忙碌来解释你的工作业绩,是那些白忙、乱忙毁掉了你的希望,将你整日浸泡在碌碌无为中,毫无收获。

我一直赞成"忙"是一种正确的人生状态。

其实,很多工作本身并没有什么区别,为什么你与别人的人生走向大相径庭?这就是各人的格局不同,造成了不同的结局。而一个人的眼界、胸襟、胆识等很多心理要

第五章
迎合他人，就等于亏待自己

素都隐性形成了你的格局——什么样的格局，就将会导致什么样的人生结局。

人生当然需要忙，忙着搞调研，不忙，就会被人抢走了项目；忙着完成一天的工作安排，不忙，就可能被公司辞退。世界就这么大，地上的路就这么多，你磨磨蹭蹭不肯往前走，就肯定会有人抢着向前冲。

忙是好事，这点是肯定的，它是一种积极向上的人生姿态。我们需要不停地忙碌，忙着给自己充电、忙着努力前进，才能在这个宽大的城市里寻得一丝丝呼吸的空间。

事实上，也只有忙着强大自己，才能在这滚滚红尘中不被后生拍死在沙滩上。

但我们更渴望的是，在忙碌中获得更崭新的人生，这是我们的终极目标。

如今已不是一个看脸的时代，看的是实力，拼的也是实干，不要用忙来包容自己的无用功，那是一种幼稚的行为。这个世界从不给任何人留退路，你不行，没能力，那就靠边站。

你今天所走的每一步，也就预示着明天的走向。如果你今天不累，明天就会更累。

的确，人生是需要忙碌的，但是不需要"白忙"。而我们也只有远离没有效率的忙碌，才能真正获得快乐，享受到人生的乐趣，才能有美好的未来。

◇ 断舍离：掌握人生的控制权

1

知足常乐！

年轻的时候不能想太多，想得太多会毁了你。在成功这条路上，最痛苦的就是你要耐得住寂寞，因为总是有那么一段路需要你一个人去走。也许这个过程要持续很久，但如果你挺过去了，最后的成功就会属于你。

有人说，懂得进退才能成就人生，懂得取舍便能淡定从容。在生活中，你付出了什么也就会得到什么，人生只有懂得取舍才能坦坦荡荡。

第五章
迎合他人，就等于亏待自己

心理学家调查发现，很多失败者都是因为将得失看得比较重，导致不敢选择，害怕打破现有的生活模式而面临更大的挑战与风险。

其实，在这个世界上，不是失去一切都意味着缺憾，也不是得到一切都意味着圆满。打拼的路上，每个人都会或多或少碰到挫折和失败，当你在为此而自省时，你就得到了人生的经验。

你要明白，人生就是一连串的得与失，而得与失对于任何人而言，并没有绝对的定义，"祸福相依"这个成语想必大家都不陌生。

2

"有舍才有得，人生坦荡，何惧之有？"

这是我的高中语文老师江月的一句豪言壮语。记忆中，自她弄明白自己想要什么的那一刻开始，她的梦想就定格了。

那时候，大家都很爱上江老师的课。江老师人漂亮，脾气好，同学们都说她天生就是做老师的料，不像有些老

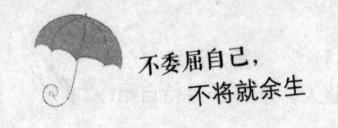

教师思想陈旧,还喜欢乱发脾气。

有一堂作文课,题目是《我的梦想》,江老师提到了很多名人的梦想,同学们也争着说出自己的梦想。

当时,班上有个调皮的男生问:"江老师,你的梦想是什么啊?"

江老师笑着说:"我的梦想是开一家服装设计工作室。"

同学们都纳闷了,她是老师,怎么喜欢设计服装呢?

当时我以为江老师是在开玩笑,教师这个职业多好呀,铁饭碗、体面,还能赢得尊重——既有颜值又有才华的老师,为什么想去经商呢?还没等我琢磨明白,我们就毕业了,这件事很快被我抛在了脑后。

去年,班长组织了一次高中同学聚会,相距毕业已经6年了。我们班大部分人都到了,江老师也在场,依旧那么漂亮,甚至比当年更优雅。我们一直以为她还在学校教书,当时听同学说,我们毕业的那一年她就辞职了,现在是一家服装设计工作室的老板。

尽管从目前的经济形态和工作现状来说,已经没有固定的铁饭碗了,但教师这份职业的各项待遇的确很诱人。

第 五 章
迎合他人，就等于亏待自己

"不干了？"

"不干了！"

一时间大家都激动了起来，姑且不谈江老师现在的年收入已经比当老师时多了好几倍，单单是她为梦想踏出第一步的勇气就值得我们鼓掌。在场的同学都为了老师的勇气点赞。

听说当年因为辞职经商的事，江老师与父母的关系闹得很僵。起初父母都不能理解她的行为，不明白为什么她要放弃这份稳定的工作去创业。

"教师这份工作多好呀，你开公司，谁给你发福利？"

"放弃这份工作是有些可惜，可如果放弃我的梦想，那更可惜。我从来不缺从头再来的勇气，爸、妈，你们就让我试一试，三年后，如果公司做不下去了，我还可以回来当老师。"就这样，江老师终于说服了父母，离开学校为自己的梦想打拼。

值得高兴的是，一年后，江老师的服装设计工作室不但还清了贷款，而且开始正常盈利了。

"年轻不是挥霍的资本，但一定是我成长的资本。我不知道选择这条路对不对，但我还是想为了自己的梦想拼

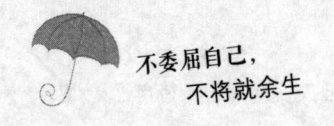

一拼,不想原地踏步一辈子。即使最后这条路选错了,只要全力以赴了,我也不后悔。"

这就是江老师对梦想的一种自信与坚持,更是对人生的取舍。

3

人生有味是清欢,无需复杂,只要懂自己,生活都会给我们一个崭新的开始。

不要贪图安逸而放弃对梦想的追求,失败也是一种机会。有的人不愿承受失去的痛苦,他们将得失看得比较重,片面地认为这么做会"偷鸡不成反蚀把米",而导致在选择前唯唯诺诺。

事实上,除了生命我们无法左右外,其他的一切——财富、能力、幸福,这些都能通过努力去得到。有舍有得,根本没有任何界限。

在生活中,我们常常把冲动当作勇敢,因为两者的外在表现都是一样的——敢于放弃别人所不愿放弃的,敢于尝试别人所不愿尝试的。但冲动往往是缺乏目标与规划的

第五章
迎合他人，就等于亏待自己

盲动，而勇敢则是为了梦想而深思熟虑的行动。

那么，如何做才是勇敢的表现呢？如何取舍，对人生才有意义？

1. 搞清楚你最想要的是什么

不妨静下心来写一写自己的创业计划，从而判断自己是出于冲动还是勇气。在人生的选择上，当你确定了自己内心真正的需求，就能维持内心的平衡。因为喜欢，所以坚持，这会使很多看似复杂的事情变得很简单。

2. 有所为，有所不为

舍得是一种心态，更是一种境界，不计较付出，体现出一个人坦荡洒脱的人生追求以及胸怀宽广的做人高度。它更是一种智慧，小舍小得，大舍大得，更是体现了一个人明朗大气的做事风格。

学会取舍的智慧，懂得进退的真谛，人生才会拥有大格局，享有简单与美好。

3. 努力，不断强大自己

我们需要不断地学习，强大自己的身心，拥有承受失败的能力。敢于承担才敢于做决定，冲动型的人在行动前往往只想到成功，对失败毫无准备。俗话说，没有金刚钻就别揽瓷器活，做任何选择，我们都要有承担后果的能力与底气。

当你做出决定时，就要想好它所带来的后果，不管将来怎么样，你都要用自己的双肩去扛。人生是你的，勇敢地选择担当，这才是一个真正的自己。

4

有人问，取舍是什么？

取舍就是你想要得到某样东西，就必须放弃另一样东西。其实，你在做取舍的时候也体现出了一种智慧和领悟——放下的过程，也是得到的过程。

当你紧握双手，里面什么都没有；当你松开双手，世界就在你手中。这便是放下的智慧，这也是一种人生的最高智慧。

舍弃那些应该舍弃的，抓牢必须得到的。如果你不能确定自己内心真实的需求，也就无法从选择中获得心理平衡，便会出现矛盾纠结的情绪状态。

可世间怎可事事完满？在你遇到取舍问题的时候，先保持冷静，安慰自己鱼和熊掌不可兼得，最后进行理智的思考，正确判断孰轻孰重，万不能怕失去而不敢对人生做选择。

学会取舍，取其精华，去其糟粕，也就意味着你学会了把握自己的人生。

我始终认为生命的价值就是坚持选择、坚强行走。有舍才有得，人生才会更坦荡。

◇ 你之所以迷茫，只是自律力不强

1

人的情绪就像天气一样总是在变化，情绪好的时候，做什么都顺当，即使碰到点困难也能轻松地去应对。而一个人一旦情绪不好，就会感到做什么都不顺心，狂躁、焦虑，甚至喝凉水都觉得塞牙缝。

有格局的人，都懂得控制情绪。在生活中，你不能任性妄为，而这些消极情绪对人的行为有着直接的威胁，因为它能够并可能利用你的感觉，使你相信眼前的一切比实际情况更糟糕，让你忧心忡忡，办事不利。

因此，人们常常需要与负面情绪做斗争。但有人觉得情绪像看不见的风，说来就来，说走就走；还有人觉得它是一种很自然的习惯，苛求太多也没有用，不如顺其自然的好。

美国密歇根大学心理学家南迪·内森发现，大多数人的一生平均有三分之一的时间都处于情绪不佳的状态。一个人不可能永远处在好情绪之中，生活中既然有挫折有烦恼，就会有消极情绪。一个心理成熟的人，不是没有消极情绪，只是他更善于调节和控制自己的情绪。

科学家发现，经常发怒和充满敌意的人容易患病的同时，更会影响一个人的工作质量——心情好，能让你在工作中感到快乐，头脑灵活，提高工作效率；心情不好，解决问题时就会往悲观的方向发展，甚至很容易选择放弃。

所以，我们要学会管理自己的情绪。如果你连自己的情绪都管理不了，又怎么能去管理人生的其他问题，掌控

第五章
迎合他人，就等于亏待自己

整个人生呢？

相信，良好的工作情绪，会给你的工作带来事半功倍的效果。

每个人都渴望幸福，而心理学研究表明，人们对自己生活品质的认识、对幸福程度的评判，都与个人的情绪体验有直接关系。也就是说，情绪是决定幸福、衡量生活品质的重要因素之一。

2

不用怀疑，生活中经常保持乐观、积极的情绪，能够给你带来强烈的幸福感。幸福，这不正是你想要的吗？千万别学夏宇，好好的人生硬是给他生生糟蹋了。

苏萌的"男闺密"夏宇脾气很急躁，有时候别人的一句话就能让他发火而且发起火来非常吓人，喜欢拍桌子摔东西，将局面搅和得无法收拾。

去年夏宇谈了一个女朋友，可女朋友却因为夏宇和苏萌经常在一起而吃醋，质问夏宇时，他只会吼，根本不知道哄哄女朋友。那几天女朋友生气不理夏宇，夏宇没招，去找了苏萌。

两个人坐在咖啡厅正说着烦心事,正好碰见了夏宇的同事。同事见他们俩正在说话,便打招呼说:"哟,夏宇!这么巧呀,跟女朋友喝咖啡呢。"

苏萌还没来得及解释,夏宇就摆起一张臭脸,没好气地说:"都是你们乱嚼舌根才害得我和女朋友吵架的!"

同事不知内情,说:"干吗这么大火气,连话都不让人说了。"

夏宇一拍桌子,"腾"地站了起来,怒气冲冲地说:"你要是不会说话,那就赶紧走!"

同事的脸色立即难看起来,没再说话,径直走了。

苏萌觉得太尴尬了,拉着夏宇走出了咖啡厅,一边劝说夏宇,一边想:倘若夏宇的脾气还这么暴躁下去,说不定哪天自己也会遭殃,还是小心点好。

从那以后,苏萌跟夏宇的关系也淡了。

夏宇因为坏脾气,先是跟女朋友吵架,又与同事发生口角,最后连好朋友都开始疏远他了。可惜,他并没有因此吸取教训,还是那副我行我素的样子。

前几天,夏宇去新公司办入职手续。那天他早早地出

第五章
迎合他人，就等于亏待自己

了门，可还是在路上遇到了堵车，这让他十分着急。当他匆匆赶到公司的时候，正赶上公司大扫除，说临时有位集团领导下基层视察。

大家都在忙，没人招呼他，他又焦躁起来。

等了十几分钟，经理秘书过来跟夏宇解释了一下情况，说公司领导都在楼上开会，他也急须整理一份资料给他们，希望夏宇能在会议室再等一会。

没想到，这一等又是半个小时，夏宇开始按捺不住，躁动起来。他"蹬蹬"地跑到办公室找到秘书，不听秘书的解释就大闹起来。

"你们到底在搞什么鬼，这么长时间了，还要我等多久？办理一个新员工入职手续能花费你多少时间？"

"对不起，我还有几分钟就好了。"

"你就不能先给我办理好了，再去忙你的事情吗？"

"领导正等着用资料呢。"

"可我的时间也很宝贵。"

夏宇不依不饶地质问着，此时，秘书愣愣地看着他身后。夏宇转过身才发现几位领导都站在他的身后，有一位还是他上次的面试官，此时他后悔莫及。

后来，夏宇的入职手续没办成，好好的一份工作就这么泡汤了。

3

情绪看似是小事，但它能掌控我们的人生，负面情绪更是能时刻左右我们的思维方式。当你受到负面情绪的影响时，就会失去正确的判断力，即使是一件看似平常的事，也可能因为坏情绪而做出错误的判断，拉低你的层次。

不过，一个人的情绪是可以掌控的。

控制情绪，就能改变人生。如果无法管理好自己的情绪，再聪明的人也会吃亏。就像夏宇，如果他能控制好自己的脾气，就能拥有一份好工作，那么，他的人生肯定会大有不同。

我们都必须认清一个事实：生活总是会有很多的磨难和不如意，而生气无法解决任何问题。所以，在做决定之前，我们都应该好好整理一下自己的情绪，避免受到坏情绪的影响。

那么，该如何控制自己的情绪呢？

第五章
迎合他人，就等于亏待自己

1. 远离

远离那些容易给你带来负面情绪的环境。如果你所处的环境总是给你带来负面情绪，那你可以考虑选择离开这样的环境，或者自己外出走走，给自己的心放个假，让自己冷静下来。

2. 控制

倘若你能够让自己时刻保持理智，那么，当坏情绪到来之前，你也能很好地控制它。你要学会自我反思，控制情绪而不是被情绪俘虏，任其膨胀爆发。

3. 合理发泄

糟糕的情绪不能一直憋在心里，要选择合理的方式发泄出来。比如，写日记、外出运动，因为自我调节能让坏情绪早点远离你。

4. 倾诉

倾诉是疏散负面情绪的好办法，可以跟朋友倒一倒心里的苦水。这时你会发现自己变得轻松了许多，坏心情也会被好心情所取代。

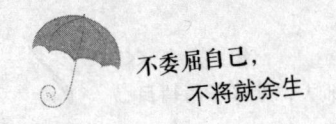

4

生活中，每个人都有情绪，而我们的情绪有时晴空万里，波澜不惊；有时却像天上的云变幻莫测，难以捕捉。稳定的情绪让我们做起事情来得心应手，而一旦情绪失控，整个人就会像掀起的巨浪，任何理性在你面前都会失去作用。

当一个人知道自己情绪的产生和变化规律后，它就可以掌控了。

人生就如同一场情绪管理的游戏，善于管理自己情绪的人，才能更好地掌控自己的生活。尽管控制自己的情绪很难，但只要方法得当、积极向上，还是完全能被自己驾驭的。

其实，你跟大多数人一样，人生并不会事事如意，有坏情绪也是很正常的。情绪反映了我们对外面世界的心理反应，只是我们不能沦为坏情绪的奴隶，更不能让它左右我们的生活。

逆境生存，掌控人生，最重要的一点就是要保持理性。因此，我们要学会控制自己的情绪；冲动是魔鬼，懂得掌控情绪，你才是一个能够掌控生活、有格局的人。

◇ 勇敢表现，抓住成功的机遇

1

人们常说，是金子总会发光的！

这句话乍一听好像并没什么不妥，因为在不少人心中这是一句真理。很多人都认为只要一个人有潜能，不论他多么默默无闻，经过时间的打磨都能得到他人的赏识。

可事实真的如此吗？

如果一颗金子遗落在无人知晓的角落里，被岁月的尘土遮蔽，那它还怎么体现自己的价值呢？

古罗马剧作家塞内加曾说过："勇气通往天堂，怯懦通往地狱。"如果一个人空有才华却不敢表现自己，甘于做等待伯乐来发现的千里马，什么时候才能被人赏识呢？

可千里马常有，伯乐并不常有，你苦苦等来的怕也只是那满身的灰尘罢了。

在职场中，不少人能力很强，有独到的思维和见解，可每次让他在领导面前表现时就会退缩，更不敢大胆地说出自己的想法和意见。这样，他就只能在一个岗位上徘徊。

或许有些人并不如他，只是这些人善于大胆表现，敢于提出自己的见解和想法。或许有很多想法都比较浅显、简单，却总能引起领导的关注，并为之重用。

其实，公司就是一个大舞台，如果你不勇敢地表现出自己的才艺，就不会有领导关注到你。毕竟有太多"演员"在卖力地表演，而引起领导关注的都是那些敢于大胆展示自己的人。

勇气表现出来就是勇敢。

在职场中，你是否敢大胆地说出自己的意见、是否能够得到领导的重视和信任，就看你够不够勇敢。凡事都要去试试，不去试一试怎会知道对不对？

有的人总担心，一件事如果做错了怎么办？很好，它终于告诉你什么是对的了。

第五章
迎合他人，就等于亏待自己

怎么办？

再来一次！

2

赵小甜是个北京姑娘，大学毕业后在一家广告公司做策划。她到公司不久便跟王明成了好朋友，两个人经常出去一起吃饭。大家都很奇怪，这两个性格根本不同的人——一个爱热闹，一个喜欢安静，可偏偏成了好朋友。

赵小甜爱热闹，经常跟同事说说笑笑，同事们也都很喜欢她。她工作认真，做出的每个方案思路明晰、条理清楚，总能被领导选用。在部门，讨论新的策划案时，她都会积极发言，并能在最后总结大家发言的重点，拿出一个比较合理的且让大家都认同的方案。

很快，赵小甜优秀而勇敢的表现得到了领导的赞赏。

有一次，在回去的路上，王明有些不高兴，赵小甜就问他怎么了。

"其实，刚才大家讨论的这个方案我早就做好了，还制订了简单的展开计划，可……"

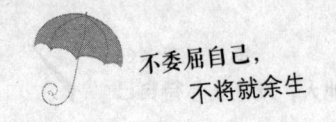

"刚才你怎么不说？"赵小甜有些惊讶。

"我怕……"

"怕什么，错了再来，万一对了呢？你这样不说话不是失去一次宝贵的表现机会了吗？"

王明热爱思考，总能想到新颖的方案，却因为不敢表达而不受领导的重视。而赵小甜每次有什么想法都能清楚地表达出来，所以，才会得到领导的赏识。

时间长了，赵小甜成了领导的得力助手，领导很重视她的意见，每次会见客户、宣讲方案都会让她参与。不久，赵小甜就被提升为策划总监，而王明还在原地踏步，整天发着牢骚地工作着。

这样的例子在职场里并不少见，这不仅是因为领导喜欢那些能说会道的人，还因为领导需要通过他们的表达去了解他们的能力。

3

有大格局的人就有大自信，在合适的时机勇敢地表达，往往会产生意想不到的效果。

第五章
迎合他人，就等于亏待自己

职场中，总有人认为经常表现自己是骄傲、狂妄的表现。但是，倘若你空有一身才华和本领却不敢表现出来，那你也只能被埋没。

在关键时刻踊跃地表达自己的想法，让自己承担重要的责任，这样才会引起领导的关注。当然，切勿盲目，要注意表达方式。

那么，我们要如何做呢？

1. 肯定自己的能力

每天找出一件自己做成功的事。不要把成功看成登月那么大的事，成功可以是处理的文件、档案没出一次错，按要求完成了当日的跑步计划，诸如此类。

如果一天能顺利地做好一件事，又怎能说自己一事无成呢？

小的成功会带给你好心情，激发你坚持的动力。

2. 努力完善自己

当一个人努力完善自己的时候，他就变成了一只优质的潜力股。他将不再向外界寻求什么，也不需要向外界推诿什么，他将重心放在自己内心。

4

　　成就一番事业的唯一途径就是热爱自己的事业,因为热爱,便赋予了所有坚持的动力与勇气。如果你还没能找到让自己热爱的事业,那就继续寻找,不要放弃,跟随自己的心总有一天会找到的。

　　其实,在人生这条路上我们都在奔跑,我们会赶超一些人,也会被一些人超越。

　　要记住,人生的要义有两点:一是欣赏沿途的风景,二是抵达遥远的终点。所以,不要怕,用勇敢激发人生的无限可能,造就属于你的幸福人生。

　　何况,你还年轻,怕什么来不及呢!